D1673244

De volta aos sonhos

BRUNA VIEIRA

Série MEU PRIMEIRO BLOG

Volume 2

De volta aos sonhos

ROMANCE

GUTENBERG

Copyright © 2014 Bruna Vieira
Copyright © 2014 Editora Gutenberg

Todos os direitos reservados pela Editora Gutenberg. Nenhuma parte desta publicação poderá ser reproduzida, seja por meios mecânicos, eletrônicos, seja via cópia xerográfica, sem a autorização prévia da Editora.

EDITORAS RESPONSÁVEIS
Rejane Dias
Alessandra J. Gelman Ruiz

EDITOR ASSISTENTE
Denis Araki

ASSISTENTES EDITORIAIS
Carol Christo
Felipe Castilho

REVISÃO
Cecília Martins
Lívia Martins

CAPA
Diogo Droschi

ILUSTRAÇÃO
Mariana Valente

DIAGRAMAÇÃO
Christiane Morais

Dados Internacionais de Catalogação na Publicação (CIP)
(Câmara Brasileira do Livro, SP, Brasil)

Vieira, Bruna
    De volta aos sonhos / Bruna Vieira. -- 1. ed. -- Belo Horizonte :
Editora Gutenberg, 2014. -- (Meu Primeiro Blog ; v. 2)

    ISBN 978-85-8235-185-7

    1. Literatura juvenil I. Título. II. Série.

14-08686   CDD-028.5

Índice para catálogo sistemático:
1. Literatura juvenil 028.5

A **GUTENBERG** É UMA EDITORA DO **GRUPO AUTÊNTICA**

São Paulo
Av. Paulista, 2.073, Conjunto Nacional, Horsa I,
23° andar, Conj. 2301
Cerqueira César . 01311-940
São Paulo . SP
Tel.: (55 11) 3034-4468

Televendas: 0800 283 13 22
www.editoragutenberg.com.br

Belo Horizonte
Rua Aimorés, 981, 8° andar
Funcionários . 30140-071
Belo Horizonte . MG
Tel.: (55 31) 3214-5700

Escrever é doar ao mundo aquilo que existe dentro do seu mundo.

Dark Writer

Para os que vão mudar totalmente
suas vidas só para me deixar mais feliz:
Luzia, Mauro, Terezinha, Maurinho
e a mascote da família, Zooey

Agradecimentos

Este livro me roubou algumas madrugadas, mas elas não seriam tão divertidas e produtivas sem a companhia do meu querido amigo Felipe Castilho. Obrigada mais uma vez pela paciência, pela orientação e pelas boas ideias. Sei que os personagens ganharam muito com a sua ajuda, mas ainda acho que eu fui a mais sortuda nessa história. Dias ruins são sempre uma droga, mas às vezes eles acontecem para que a gente descubra a importância das pessoas que estão a nossa volta. Alessandra J. Gelman Ruiz é minha editora, já contei isso nos outros livros, mas agora também se tornou uma grande amiga pessoal e guia oficial da Vila Madalena.

Sempre tive um pouquinho de inveja daquelas meninas do colégio que tinham uma melhor amiga pra andar junto na hora do intervalo. Não é que a vida me deu de presente tempos depois algo ainda melhor que isso?! Paula Buzzo é minha fotógrafa, conselheira amorosa e companheira de viagem. Obrigada por me aguentar mesmo quando eu estou morrendo de fome. Poucos conseguiram isso até hoje.

Não nasci com talento para cantar, mas com a ajuda do Guilherme Ruiz consegui realizar o sonho de ouvir uma letra minha se transformar em uma linda música. Espero que "The Girl Who Changed Everything" entre para a trilha sonora da vida de vocês também.

Se minha vida fosse um filme, Gabriel Simas certamente seria o personagem que vocês mais gostariam de conhecer. Ele escuta músicas legais enquanto dirige, me resgata de casa para que eu vá ter uma vida social nas baladas da Augusta e ainda se oferece para me levar ao hospital quando estou doente. Eu não teria o mesmo senso de humor sem esse cara por perto. Agradeço a todos os amigos que alegram minha vida diariamente na internet e fora dela. Ariane Freitas, Paloma Cordeiro, Fernanda Meirelles, Taciele Alcolea, Bruno Bosi, Jessica Grecco, Breno Oliveira, Lupe Pereira e Gustavo Jreige, vocês me ajudam a sobreviver nesta cidade louca chamada São Paulo.

Eu não teria conhecido tantos lugares que foram descritos nessa história se não fosse o público que me acompanha diariamente no blog Depois dos Quinze. Todos os intercâmbios e viagens que fiz só aconteceram porque há pessoas que se interessam pelo que eu fotografo e escrevo. Adoro me aventurar como autora, mas jamais deixarei de lado meu cantinho preferido na internet.

Por último, agradeço a toda a equipe da Editora Gutenberg. Escrever uma história é uma parte importante do processo, mas este livro não estaria em suas mãos sem a ajuda de cada uma das pessoas que trabalham lá. Como já disse outras vezes, não vejo tudo isso como um ambiente de trabalho, mas sim como uma grande família. Obrigada pela oportunidade e pela confiança.

1

*O passado serve para que a gente saiba
o que fazer com o presente. Para não
viver olhando pra trás, preste atenção aos
detalhes. Eles sempre dizem muito.*

Minhas pernas estavam bambas quando abri os olhos e
me dei conta de que eu precisava equilibrar meu corpo em
um salto de pelo menos 15 centímetros. Eu não estava certa
do que havia acabado de acontecer, mas uma sensação terrível
preencheu meu peito. Naquele momento, respirei fundo para
ter certeza de que aquilo não era só um sonho.

Se alguém me contasse, eu não acreditaria, mas os
olhos da gente não mentem. Eu estava mais uma vez naquele velho quarto da minha adolescência, mas ele já não
era exatamente como da última vez em que estive ali. Em
um primeiro momento, não consegui perceber o que exatamente havia mudado. Minha cabeça latejava, minhas
pernas e meus braços não obedeciam com precisão. Todos
os meus movimentos pareciam acontecer em câmera lenta, como se eu estivesse meio bêbada. Por mais que cada
coisa ali houvesse sido cuidadosamente elaborada por mim
em algum momento, era como se eu estivesse invadindo o
quarto de alguém. E estava mesmo. Invadindo meu próprio
passado mais uma vez.

Uma música tocava bem baixinho. Demorei alguns segundos para reconhecer. Era "Velha infância", do grupo Tribalistas. Olhei com mais cuidado em volta e a primeira coisa em que reparei foi uma cama cheia de roupas. Elas estavam por toda parte e pareciam ter sido jogadas ali por alguém que não se importava nem um pouco com a organização do quarto. Algumas peças estavam caídas no chão e se misturavam com pares de sapatos, acessórios e cosméticos. Em meio à bagunça, reconheci meu All Star vermelho de cano alto, mas parecia bem mais novo do que eu conseguia me lembrar.

Senti um gosto doce na boca e usei a língua para perceber que havia algo nos meus lábios. Passei a ponta dos dedos neles e percebi que eu estava de batom vermelho. Minhas pálpebras também pareciam estranhamente mais pesadas, como se algo tivesse sido colado nos meus cílios. Todo o mistério acabou quando vi meu reflexo no espelho meio sujo pregado na parede. Eu estava supermaquiada e usava um vestido longo, prata, cheio de aplicações, e com um decote enorme. Ao contrário da última vez em que me lembrava de ter usado algo assim (no casamento da minha irmã, em alguma realidade que eu nem sei se existe mais), a peça caía muito bem no meu corpo e não sobrava gordura em nenhum cantinho.

Senti algo arranhar minha garganta quando finalmente entendi onde, ou melhor, quando tudo aquilo se passava. Era minha formatura! Aquela era a noite da minha formatura do ensino médio e, por algum motivo muito bizarro, lá estava eu mais uma vez. Literalmente, sem querer. Pela primeira vez na vida, eu não queria mudar meu passado e viver outra realidade. As coisas finalmente tinham se ajustado, mas pelo visto eu ainda não conseguia controlar meu próprio futuro. Era irônico como, no instante anterior, eu estava em Paris com o Henrique, na situação perfeita, e tudo o que eu queria era aproveitar aquele momento que tanto desejei. Mas, aparentemente, não era aquilo que o destino – ou seja lá o que fosse – desejava, e lá estava eu de novo vivendo minha adolescência. O final, às vezes, não acaba no "felizes para sempre".

Varri mais uma vez o ambiente com os olhos e então consegui perceber o que estava diferente. Havia mais papéis colados na parede, tantos que quase não era possível ver o fundo pintado de rosa. Na verdade, agora, em vez de apenas pôsteres de bandas, havia fotografias e colagens de todos os estilos e tamanhos. Do outro lado do quarto, vi um mural de cortiça, colado entre uma parede e outra, com várias fotos penduradas. Me aproximei, tentando não tropeçar nas roupas e nas sandálias de salto plataforma que estavam no chão (que pareciam mais uns tijolos), e comecei a reparar em cada fotografia. Eram imagens de vários momentos do meu ensino médio. Olhando para elas, eu conseguia me lembrar vagamente daqueles dias: o churrasco da turma no final do ano, a apresentação de teatro no auditório, a feira de ciências, a excursão para Caxambu e até o dia em que me vesti para a quadrilha da festa junina.

Eu estava totalmente distraída quando alguém bateu na porta e gritou. Reconheci a voz imediatamente.

– Vamos sair em uma hora! Não se atrase, porque no convite está escrito que a entrada dos alunos será às 20 horas em ponto!

Respirei fundo e olhei para a porta, apreensiva.

– Tudo bem, mãe. Já estou quase pronta – respondi, mesmo sem ter certeza de que eu estava falando a verdade.

– Ótimo! Vou apressar sua irmã! – minha mãe disse, aparentemente convencida.

Fiquei aliviada ao perceber que a porta do quarto continuou fechada. Eu teria um instante de privacidade e não precisaria encarar minha família até me acostumar com a ideia de estar naquela realidade novamente. Deixei as fotos de lado e caminhei até o computador. O blog estava aberto e havia um novo post publicado.

O grande dia chegou
13 de dezembro de 2003, sábado, 17h42

Oi, desculpe pelo sumiço. Você deve estar me julgando por eu ter ficado tanto tempo sem postar. Não sei onde estava com a cabeça quando imaginei que seria uma boa ideia manter um blog e, ao mesmo tempo, me preparar para o vestibular. Acho que superestimam o ensino médio. Tudo o que fiz nos últimos meses foi estudar, decorar fórmulas e ouvir minha mãe dizer o quanto meu futuro só depende de mim.

Futuro. Futuro. Futuro.

Pelo que entendi, hoje é o último dia do meu presente sem graça. Estou empolgada para a grande festa de formatura. Foram meses preparando todos os detalhes com a turma e arrecadando dinheiro. Mas, para falar a verdade, a minha ansiedade maior é descobrir o que vem depois.

Minha irmã está na faculdade e, desde que ela saiu de casa, se transformou em outra pessoa, conheceu gente nova, aprendeu coisas diferentes. Quero saber em quem eu vou me transformar também.

Mês que vem sai o resultado dos vestibulares. Tenho certeza de que fui bem nas provas, mas essa expectativa não me deixa relaxar totalmente. É como se sempre estivesse faltando alguma coisa pra eu estar completamente feliz. É um peso nas costas. Minha mãe está uma pilha de nervos pelo mesmo motivo. Se ela soubesse que meus verdadeiros planos são outros...

Preciso sair. Vejo você quando eu não for mais uma estudante do ensino médio. Ou, sei lá, quando eu estiver no mercado de trabalho. Vai saber!?

Ler aquele texto me fez lembrar de todos os meus dilemas da época. Na vida real, popularidade tem mais a ver com interesses. A lógica é simples: faz sucesso quem tem algo a oferecer. Exemplos: festa em casa quando os pais estão fora, respostas da prova de matemática no final do bimestre ou, sei lá, jogar vôlei incrivelmente bem e fazer todo mundo querer ser do seu time na educação física. Obviamente, eu não me encaixava em nenhum desses perfis durante todo o colegial, então só restava me dedicar integralmente ao vestibular e ter um relacionamento minimamente bom com todo mundo. Não é tão difícil quando você tem uma irmã mais velha que estuda no mesmo colégio e, claro, se você consegue não se apaixonar pelo cara errado. Isso definitivamente pode trazer muitos problemas.

Me olhei no espelho mais uma vez antes de sair do quarto. Eu não entendia direito qual o motivo de aquilo estar acontecendo comigo, qual era a "missão" daquela viagem no tempo, já que as coisas finalmente tinham se acertado, mas eu sabia que não havia outra solução a não ser viver tudo de novo. A única certeza que eu tinha era a de que fazer grandes mudanças no passado transformaria meu presente. E eu não queria perder o Henrique mais uma vez.

Acessei o blog algumas vezes, atualizei a página e tudo mais, mas nada de novo acontecia. Os posts anteriores continuavam lá, mas eles não me levavam a lugar algum. Então, abri a porta do quarto e fui até a escada. Enquanto eu descia, tentei lembrar o que de fato havia acontecido na minha formatura. Nada de tão interessante, pelo visto, já que não havia lembranças marcantes na minha memória. Talvez fosse porque eu tivesse bebido ou por meu pai ter insistido para eu voltar cedo para casa... Minha mãe sempre adorou festas, sempre fazia questão de ficar até o último segundo, mas meu pai era do tipo que não tinha paciência para essas coisas. Acho que já sei a quem puxei.

Quando cheguei à sala, vi que a televisão estava ligada, sem ninguém assistindo. Me aproximei para desligar quando notei que estava passando Malhação. Fazia tempo que eu não acompanhava alguma temporada, perdeu a graça ao longo dos anos; ou melhor, eu parei de ter tempo para ver. Mas, naquela época, eu acompanhava todos os episódios. Meu coração vibrou quando a música "Away From The Sun", do 3 Doors Down, começou a tocar, e os protagonistas, Vitor e Luísa, se beijaram. Eu me lembrava exatamente da trama. Luísa era uma das minhas personagens preferidas, porque ela também queria ser fotógrafa. Seu destino mudou quando suas fotos foram trocadas em uma loja de revelação e ela acabou levando para casa o envelope com as fotos de um rapaz misterioso, o Vitor, e ele o envelope com as dela. Então, um se apaixonou pela imagem do outro e eles fizeram de tudo para se encontrar. Era uma espécie de amor à primeira vista através da fotografia.

Naquela época, eu realmente acreditava que a fotografia iria transformar minha vida.

Toda aquela nostalgia me lembrou de uma coisa: eu precisava pegar minha câmera para levar para a formatura. Ela devia estar em algum lugar no meio daquela bagunça do meu quarto. Segurei a barra do vestido e subi as escadas bem depressa, me lembrando do dia em que ganhei minha primeira câmera, no fim do primeiro ano do ensino médio. Foi meu presente de Natal por ter me comportado bem e não ter ficado de recuperação em nenhuma matéria. Meus pais economizaram uma boa grana e meus avós ajudaram a pagar algumas prestações. Enquanto as lembranças daquele dia passavam pela minha cabeça, eu vasculhava o quarto inteiro.

Só que não vi nem sinal da câmera.

Corri até o quarto dos meus pais e percebi que a porta estava fechada. Havia alguém lá dentro, pois a luz estava acesa e havia barulho.

– Mãe, você por acaso sabe onde está minha câmera fotográfica? – perguntei, erguendo a voz e me espantando com a maneira como ela soou estridente. Como meus pais me suportaram falando desse jeito durante toda a adolescência? Pigarreei, baixando a voz em um resmungo: – Não lembro onde guardei...

– Hein? – ela gritou sem nem abrir a porta, como se estivesse mais ocupada com alguma outra coisa.

– Minha câmera fotográfica. Quero levar pra formatura – disse, aumentando o tom para que ela ouvisse bem o que eu estava falando.

– Que tipo de malandragem é essa? Você fica pedindo uma câmera e diz que já tem uma? É pra fazer pressão, é? Querida, eu já te disse. Se você quiser, pega a minha antiguinha, como das outras vezes. Pelo menos você consegue registrar a festa. Logo você estará na faculdade e as despesas vão aumentar. Não podemos pensar em comprar coisas supérfluas agora, ainda mais tão caras... – minha mãe recitou de dentro do quarto.

Aquilo não fazia o menor sentido. Eu tinha absoluta certeza de que naquela época eu já havia ganhado a minha câmera! A não ser que... Será que meus pais tinham desistido de me dar o presente? Mas o que os fez mudar de ideia?

Um castigo. Devia ser isso.

Tive vontade de dar um murro na porta quando me dei conta da besteira que havia feito ao tentar consertar a vida da minha prima com aquela armação idiota! Se existe uma coisa que aprendi com as viagens no tempo é que eu não posso resolver os problemas dos outros. Cada um tem de aprender a lição por conta própria. Ao tentar fazer com que minha prima não se apaixonasse pelo (atual) marido (cafajeste), acabei unindo os dois ainda mais e decepcionando todos que se importavam comigo. Que idiota eu tinha sido!

Desci as escadas devagar, completamente desanimada. A câmera seria uma ótima distração. Uma câmera de verdade, digo. Algo para me manter ocupada durante toda a noite e não deixar nada de muito diferente acontecer. Eu teria de me comportar e não fazer nenhuma burrada, tudo precisava continuar igual. Mas, em se tratando de mim, aquilo parecia um grande desafio.

Ao voltar para a sala, vi a Luiza falando alto ao telefone e caminhando de um lado ao outro do cômodo. Parecia nervosa. Escutei apenas o final da conversa e tentei não parecer interessada, mas certamente ela estava em uma daquelas discussões com seu namorado.

Me ajeitei no sofá, tentando não amarrotar o vestido, e tirei os sapatos empurrando o calcanhar de um pé com a ponta do outro. Assim que fiquei livre daquele aperto estalei os dedos, pressionando-os no chão com alívio. Nunca levei jeito para usar salto alto, porque me sentia chamando mais atenção do que deveria. Uma atenção ruim, no caso. Eu, com aquela juba ruiva, óculos e aparelho nos dentes, estava mais preocupada em encontrar uma maneira de me esconder do que de ficar em evidência. Além do mais, ruivas naquela época – e no interior de Minas Gerais – ainda não eram consideradas tão *cool* assim. Em 2003, a Emma Stone não tinha estourado nas telas nem a Hayley Williams havia formado o Paramore.

Minha irmã desligou o telefone, irritada. Jogou o celular na mesa e sentou ao meu lado.

– Seja uma garota esperta, Anita. Não namore na faculdade!

– Aconteceu alguma coisa? – perguntei, olhando o aparelho que ela havia acabado de usar. Era enorme! Como as pessoas conseguiam carregar aquilo na bolsa?

– Por enquanto, não – ela suspirou, daquele jeito característico que eu sabia que nunca mudaria. – E espero muito que não aconteça nada.

– É seu namorado? Ele não vai? – eu sabia que a discussão era sobre aquilo, só quis fazer com que ela admitisse.

– Não. Ele tinha compromissos mais importantes do que conhecer minha família e passar alguns dias na cidade em que eu nasci.

– Minha formatura não é tão importante assim, Lu – tentei consolá-la, sem sucesso.

– Mas pra mim é – ela disse, segurando o choro. – E o problema não é ele não ter vindo. O problema é ele ter aceitado participar de um acampamento com a turma. É só um final de semana, mas esse é um programa que os caras solteiros fazem. Todo mundo sabe o que acontece nessas viagens!

– Mas só acontece se ele quiser, né? – argumentei, no fundo tentando fazer com que ela se sentisse melhor.

– O problema é que as pessoas vão falar de qualquer maneira. Viçosa é uma cidade minúscula e todo mundo sabe que nós estamos juntos. Qualquer boato importa – ela disse, descascando o esmalte da unha de tão nervosa.

– Você sabe que brigar com ele por isso só vai fazer as coisas ficarem mais complicadas, né? Ele vai pra lá com raiva de você – percebi que não deveria ter falado aquilo quando vi que a Luiza fechou a cara ainda mais.

– Quer que eu faça o que então? Bata palmas e mande camisinhas pelo correio? – ela bufou.

– Não exatamente. A ideia é que você se divirta tanto quanto ele. Mostre que você não depende da companhia dele para se sentir feliz.

Eu não sei direito por que estava dizendo tudo aquilo, já que poderia soar maduro demais para aquela versão de mim mesma. Mas era tão óbvio o que estava acontecendo... O namorado da minha irmã sempre teve olhos só para ela e era um ótimo partido. Em alguns anos eles seriam marido e mulher. Não fazia sentindo nenhum deixá-la sofrer por uma insegurança besta.

– Quanta sabedoria! – Luiza exclamou, engolindo o choro e me olhando bastante surpresa. – Quando foi que você se tornou essa conselheira amorosa tão experiente?

– Ah, é que... o IFET te ensina muito mais que cálculos sabe? – brinquei, deixando escapar um sorriso sem graça.

19

– Estou mal, mas também estou orgulhosa de você! Outro dia mesmo você estava insegura com seu primeiro dia na escola nova e agora está aí, esperando o resultado do vestibular e dando conselhos pra irmã mais velha.
– Como o tempo é estranho, né? – eu disse, com uma careta involuntária. Caímos juntas na risada, mas não pelo mesmo motivo.

***

No carro, nós quatro seguíamos para a formatura, e eu estava distraída olhando o sol se pôr no horizonte. Meus pais conversavam no banco da frente e minha irmã apenas prestava atenção na paisagem, com a mão no queixo e o cotovelo sobre a coxa. A luz que atravessava o vidro da janela do carro deixava tudo com um tom meio alaranjado, como se tivessem colocado na cena um filtro do Instagram (que ninguém naquele carro nem sonhava que existiria no futuro). Meu pai ligou o rádio, e começou a tocar a música "Move On", do Jet. Eu queria que aquela viagem demorasse mais tempo, mas o clube onde a festa aconteceria ficava a apenas quinze minutos da cidade e meu pai odiava dirigir à noite. Por isso ia rápido.

Era estranho, mas pela primeira vez me senti contente em estar ali de novo. Eu ainda queria voltar e ter uma vida feliz em Paris com o Henrique, meu melhor amigo e o cara que eu amava, mas era legal ver minha família unida de novo e estar com ela. Eu tinha grandes chances de nunca mais viver aquilo novamente.

– Sua tia conseguiu convencer a Carol, Anita – minha mãe avisou. – Ela também vai na sua formatura.

– Ela não queria vir? – perguntei disfarçando, querendo saber as consequências das mudanças que fiz na minha última viagem no tempo.

– Ah, você acha que ela ia topar fácil? Desde aquela briga, ela nunca mais fez questão da gente. Agora só sabe falar daquele namoradinho.

Aquela notícia me deixou um pouquinho mais empolgada. Eu poderia até não conseguir resolver todos os nossos problemas, mas pelo menos tentaria me aproximar nem que fosse com uma bandeirinha branca em sinal de paz. Até faria o sacrifício de aguentar o Eduardo por perto. Já que eu não podia separá-los, que pelo menos eu estivesse por perto nos momentos difíceis que estavam por vir, certo? Sorri para o meu reflexo na janela do carro, e seguimos viagem.

O céu já estava escuro quando meu pai parou o carro no estacionamento do clube. A dificuldade em achar uma vaga nos fez perceber que na verdade estávamos atrasados. O que significou termos de ouvir minha mãe reclamando durante todo o trajeto até o salão de festas. Eu, a Luiza e meu pai estávamos tão acostumados com aquilo que simplesmente andamos mais rápido, dando as mãos e ignorando mentalmente cada resmungo dela. Vai ficando mais fácil quando você lida com a pessoa durante uma vida inteira, acredite.

Minha mãe não é má pessoa, mas se tornou uma mulher insegura em consequência de pequenas e grandes frustrações da época em que era mais jovem. Não conseguiu realizar a maioria dos seus sonhos; e podia não parecer, mas ela demonstrava essa carência fazendo com que as outras pessoas se sentissem menores. Assim, todos teriam medo e, de alguma maneira, respeito. Eu só fui entender isso muitos anos depois, então passei toda a minha adolescência me perguntando como eu podia ter saído de dentro daquele ser humano e como um homem tão bom e sensato como meu pai a suportava. Mas acho que nem sempre foi assim. Talvez ela tenha se tornado amarga com o tempo... E ele, como sempre, nunca desistia de algo em que acreditava.

Na porta, havia um segurança de terno recolhendo os convites de cada convidado. Minha mãe distribuiu os nossos ainda no carro, mas, por distração, ao sair acabei deixando minha bolsa no banco de trás. Claro, eu sou a Anita e esquecer coisas é parte da minha missão na Terra. Esquecer coisas e viajar no tempo aleatoriamente.

Para evitar mais reclamações, disse que eles poderiam entrar e ocupar nossa mesa e que eu os encontraria em alguns minutos. Talvez meus tios já até estivessem por lá. Meu pai me deu a chave do carro, e com ela nas mãos saí sozinha em direção ao estacionamento. Era noite, mas as luzes do clube estavam completamente acesas, então o caminho estava bem iluminado. Abri a porta do carro e logo avistei a bolsa. Era preta e parecia se camuflar no banco. Talvez por isso nem tenha me dado conta de que estava a esquecendo quando saí. Enquanto fechava a porta do carro, ouvi uma voz estranhamente familiar.

– Ah, ela também chegou para a festinha!

Era o Fabrício, aquele bonitinho ordinário que tentou me beijar e depois colocou a escola toda contra mim. Ele usava um terno preto, que o deixou com cara de bem mais velho, mas ainda com o mesmo olhar malicioso da última vez em que conversamos. Ou talvez fosse o tempo mesmo que o havia feito ficar mais maduro. Três anos se passaram (para ele) desde aquele dia. Os garotos se transformam de um jeito assustador na adolescência.

– É minha formatura, né? – dei um sorriso amarelo e virei de costas, para mostrar que eu não estava a fim de papo e, principalmente, de confusão. A presença dele me deixava em pânico. Não porque houvesse algum sentimento, mas porque eu tinha muito medo do que poderia acontecer se ele resolvesse fazer alguma coisa e de que aquilo pudesse acabar mudando meu destino mais uma vez.

– Será que sua prima também vem? – ele perguntou, tentando caminhar no mesmo ritmo que eu.

– Não é da sua conta, ok? Aliás, não é da nossa conta. Não quero mais confusão, e aquela história ficou lá no primeiro ano. Foi um erro. Eu não deveria ter tentado separar os dois e você não deveria ter entrado nessa história.

– Mas você ainda me deve algo, lembra? – ele disse, me puxando para trás pelo braço.

– Não! Eu nem deveria ter te conhecido, cara. Se não for pedir muito, por favor, finja que você não me conhece. E me solte. Agora!

Fabrício me soltou no mesmo segundo, e eu notei uma mistura de medo e confusão no seu semblante. Talvez pela maneira como o fuzilei com o olhar, ou pela minha voz seca e decidida. Ele ainda estava falando quando lhe dei as costas. Corri do jeito que pude com meu salto alto e alcancei o segurança que recolhia os convites. Subi as escadas bem rápido para não dar chance nem de ele pensar em me seguir e comecei a procurar o local em que minha família estava sentada.

Havia muitas mesas espalhadas pelo salão e a pouca iluminação dificultou minha busca, mas consegui avistá-los do lado esquerdo, perto do palco, onde uma banda de pop rock se apresentava e algumas pessoas dançavam ainda timidamente. De longe, deu para perceber que havia mais pessoas na mesa. Eram o pai e a mãe da Carol. Busquei um pouquinho de coragem dentro de mim para conseguir encará-los. Sei que eles nunca gostaram muito de mim, porque acreditavam que eu influenciava a Carol de um jeito ruim, o que nunca foi verdade. Cumprimentei todos da mesa e, ao me sentar, notei que ainda existiam dois lugares livres.

– Onde está a Carol? – perguntei, e logo em seguida me arrependi. Eu queria saber se minha prima realmente tinha vindo, mas meu interesse não foi bem interpretado.

– Ela está com o namorado por aí – minha tia respondeu com frieza.

Meu coração acelerou quando me dei conta da confusão que estava prestes a acontecer. Sei que havia centenas de pessoas ali, mas a possibilidade de Carol, Camila, Fabrício e Eduardo se encontrarem era grande demais para que eu continuasse sentada como se nada estivesse acontecendo.

De certa maneira, eu tinha começado aquela história, então precisava fazer alguma coisa antes que fosse tarde demais.

Eu estava passando perto do palco quando ouvi a conversa de um grupo de amigos que participavam do comitê de organização da festa. De repente, ouvi meu nome ser mencionado. Parei e cumprimentei de longe, com um tchauzinho, tentando não interromper, mas eles me chamaram.

— Anita, que bom que você chegou! Estávamos falando de você agorinha, acho que você pode nos salvar! — disse uma garota da qual eu não me lembrava do nome, em tom apreensivo.

— O que está acontecendo, gente? — perguntei, começando a ficar preocupada.

— Estamos tentando resolver um problema, aqui. É um pouco complicado — outro de meus colegas disse, e me apresentou a um homem vestido de preto que participava da roda de conversa. — Este é o Marcos. Ele é o fotógrafo que nós contratamos para a festa.

— Ah, oi, Marcos, tudo bem? — sorri, porque talvez fosse alguém conhecido de quem eu também não me lembrava. Ao apertar sua mão, notei que estava gelada e suada, como se ele estivesse muito nervoso. Também não deu para deixar de reparar na câmera que ele carregava pendurada na correia. Era uma Canon, com uma lente incrível! Um objeto de desejo meu desde que me conheço por gente.

— Anita, você tem alguma noção de fotografia? — aquele meu colega perguntou. Não lembrava o nome dele. — É que eu me lembro de você falar alguma coisa sobre isso, que seu maior sonho é ser fotógrafa e tal, certo?

— Err, bem... É, é isso mesmo... Mas por que a pergunta? Vocês estão me deixando nervosa!

— É que ligaram do hospital, a esposa do Marcos entrou em trabalho de parto antes do previsto. A bolsa estourou, ela não conseguiu falar com o Marcos e foi correndo, enquanto ele vinha pra cá. Como era uma gravidez de risco, ela teve que ir pra lá o quanto antes. Ele precisa ir para o hospital, mas não quer nos prejudicar, deixando a formatura sem fotos, então está se dispondo a deixar a câmera dele com alguém aqui que saiba usar, para fotografar a festa. Ficamos tentando lembrar de alguém que soubesse mexer com isso e pensamos em você. Queremos saber se você pode nos ajudar fotografando tudo.

— É claro! – gritei com entusiasmo demais. – Quer dizer... será uma honra. Eu ainda me lembro de como se manuseia uma dessas – falei em um tom mais contido, para não parecer esquisito.

— Como assim se lembra? – perguntaram em coro.

— Quero dizer, já vi em algumas revistas. Eu consigo me virar sim, pode deixar.

— Ótimo. Muito obrigado! Nem tenho como me desculpar e agradecer. Sinto muito por tudo isso, pessoal – Marcos disse, aliviado e já saindo. – Se não fosse um caso de vida ou morte, pode ter certeza de que eu jamais daria meu trabalho para outra pessoa fazer. Sempre levei a fotografia muito a sério, mas eu não me perdoaria se estivesse neste momento longe da minha esposa. E, olha, vou devolver o sinal do pagamento que vocês deram.

— Está tudo bem, vai tranquilo, boa sorte! – meu colega falou, batendo no ombro do rapaz, que saiu quase correndo, mas não sem antes me explicar um pouco sobre a câmera.

Não vi nenhuma lágrima escorrer, mas tenho certeza de que elas apareceriam se ele continuasse falando. Segurei o equipamento com as duas mãos e o liguei. Era uma câmera profissional e cheia de funcionalidades bem modernas para a época. Com tantos botões, qualquer pessoa teria muitas dúvidas, mas eu sabia muito bem o que fazer com cada um deles. O fotógrafo me explicou rapidamente o básico do funcionamento, e prestei bastante atenção, como se não entendesse tanto do assunto, para ninguém estranhar. Sei muito bem o quanto é ruim deixar um equipamento com outra pessoa, então demonstrei total interesse e cuidado, para ele ver que não havia perigo algum.

Click, flash. Em alguns segundos, lá estava eu fotografando os detalhes da festa. Aproveitei e usei a câmera como pretexto para continuar andando de um lado ao outro e supervisionar tudo. Então, pensei em me desculpar com a Carol e o Eduardo. O casal provavelmente não queria me ver, já que eu havia criado um plano para separá-los, mas eu precisava fazer algo para evitar uma confusão ainda maior.

Minha mãe, quando viu que eu estava tirando fotos, pediu explicações e fez questão de demonstrar que não gostou nada daquela história de ver a filha trabalhando na própria festa de formatura. Fez de tudo para que eu devolvesse a câmera e fosse curtir a noite como os outros formandos, mas essa ideia nem passou pela minha cabeça. Eu disse (inventei) que o fotógrafo prometeu dividir parte da grana do cachê comigo e que esse era o motivo de eu ter topado. Na verdade, fotografar era um jeito de fugir das encrencas; afinal, se eu me mantivesse ocupada, não modificaria nada do presente nem do futuro. Meu plano inicial tinha começado a dar certo, mesmo que de um modo torto. Meu pai ajudou a amenizar o aborrecimento da minha mãe dizendo que o que importava era que eu estava fazendo algo que me deixava feliz. Eu concordei com entusiasmo, na tentativa de fazê-la desistir de implicar comigo, e os dois voltaram para a mesa.

Alguns minutos depois de os ânimos se acalmarem, meu pai se aproximou de mim novamente, dessa vez acompanhado de um senhor, com cabelos grisalhos penteados para trás e vestindo um terno muito elegante, e de uma moça delicada, com um sorriso bonito e olhos grandes, que parecia ter quase a mesma idade da Luiza.

– Filha, quero apresentar a você duas pessoas especiais! – disse ele, contente (eu adorava vê-lo daquele jeito!). – Queria que você conhecesse o Lúcio, um amigo meu de longa data, e a filha dele.

O homem estendeu a mão em minha direção, e eu deixei a câmera pender na correia para cumprimentá-lo. Ele tinha um aperto de mão firme e um sorriso amplo, daqueles que transmitem confiança. Eu tive a leve impressão de já tê-lo visto antes, mas não me lembrava dele lá na *primeira vez* em que me formei. Ou talvez eu simplesmente não me lembrasse mesmo dele naquela ocasião, apesar de ter quase certeza de já ter estado com ele.

– É um prazer conhecê-la, Anita! Seu pai sempre fala muito de você!

– Ah, espero que fale só das partes boas então! – eu brinquei, sorrindo.

– Pode ter certeza que sim – disse o Lúcio, dando um tapinha nas costas do meu pai, que fez um gesto para a garota que estava um pouco mais afastada se aproximar.

– Anita, e esta aqui é a Pietra, a filha do Lúcio!

Eu me aproximei dela para cumprimentar com um beijo no rosto, mas a Pietra se antecipou e me enlaçou em um abraço. Aquele gesto afetuoso me pegou de surpresa, e retribuí da melhor maneira que pude. A espontaneidade da garota me conquistou no mesmo instante.

– É um prazer conhecer você, Anita! – disse ela. Só quando ela se afastou depois de me abraçar é que percebi como ela era pálida. Mas aquilo não ofuscava sua beleza. Notei também um brilho vindo de sua mão esquerda, e de relance vi que era um anel. – Parabéns pela formatura!

– Obrigada! Agradeço também por terem vindo!

– Imagine – disse o Lúcio, abanando a cabeça. – Estávamos de passagem por Imperatriz, e logo tratei de ligar para seu pai. Ele nos convidou gentilmente para vir à sua formatura, e como não podíamos perder a oportunidade de dar um abraço em um velho amigo, viemos vê-lo aqui. Fiquei surpreso de saber que você já estava se formando! Receba também meus parabéns, Anita!

Sorri, e a sensação de conhecê-lo de algum lugar se tornou mais forte. Será que o rosto dele era familiar por tê-lo visto em alguma foto antiga da família ou algo do tipo?

– Fiquem à vontade, sentem-se com meus pais! Vou pedir licença pra voltar pra festa, porque hoje tenho uma missão a mais... – eu disse, apontando para a câmera. – Mas daqui a pouco estou de volta e podemos conversar.

– É uma pena, mas creio que nós não poderemos ficar por muito mais tempo – disse o Lúcio, erguendo as sobrancelhas de modo simpático. – Meu filho mais velho está voltando do intercâmbio na Inglaterra e queremos fazer uma surpresa para ele, sabe?

– Ah, claro! Entendo perfeitamente! – eu disse, apertando os lábios. – Mas pelo menos vamos registrar esse encontro em uma foto! Pai, chega mais perto deles...

O Lúcio abraçou a filha de um lado e meu pai de outro, e todos sorriram bem à vontade. Fiz sinal de positivo com o polegar, me despedi dos dois e os deixei em uma conversa animada.

**

A certa altura da festa, alguém anunciou ao microfone que finalmente aconteceria a apresentação individual de cada formando, e todos se dirigiram para perto do palco. Depois do discurso do diretor do IFET, do paraninfo e do orador da turma, fui a primeira do meu curso a entrar, porque precisava fotografar os outros alunos. Quando o diretor chamou meu nome, fiquei em pânico, pois vi que todos os olhos estavam em mim, me esperando subir as escadas até o palco para cumprimentar os professores. Subir escada de salto alto já é difícil, com pessoas olhando e batendo palmas para você era um desafio ainda maior. Mas deu tudo certo, ainda bem. Depois, em ordem alfabética, todos os alunos foram sendo chamados e também subiram no palco.

Click, flash.

Quando vi a Camila pela lente da câmera, fiquei com vontade de ir conversar com ela, mas não sabia se ela ainda estava chateada comigo. O tempo passa e todo mundo faz besteiras quando é jovem, mas acho que todos aqueles meus colegas e amigos ainda eram novos demais para entender isso. Menos eu. A Camila estava usando um vestido tomara que caia vinho e o cabelo em um coque alto. Não estava tão maquiada quanto a maioria das meninas, mas ainda assim era uma das mais bonitas. Ao contrário da última vez que a vi, agora ela tinha o corpo desenvolvido e parecia mais uma mulher que uma menina. Assim que toda a cerimônia acabou, me aproximei dela.

– Oi, Camila, você está linda com esse vestido! – elogiei para saber como ela reagiria.

– Ah, obrigada! Você também está muito bem. Me contaram sobre o fotógrafo. Foi muito gentil da sua parte topar fazer as fotos, viu? A turma toda agradece – ela disse simpática.

– Ah, não é nenhum sacrifício para mim. Eu adoro fotografar e realmente quero ficar longe de confusão. Quer dizer, sobre o que aconteceu, eu realmente sinto muito. Não sei onde estava com a cabeça quando achei que poderia usar você para resolver os problemas da minha prima. Você não merecia. É uma garota incrível.

Ela sorriu antes de responder. A música já havia começado a tocar novamente, então era um pouco difícil conversar.

– Nossa, mas faz tanto tempo! Aquilo foi no primeiro ano! Eu não guardo rancores. Aquela confusão me fez perceber o quanto meu primo era um babaca. E ele aprontou muitas ainda depois daquela, você sabe. Aliás, não entendo por que me obrigaram a convidá-lo pra esta festa... Eu praticamente nem falei mais com o Fabrício nesses três anos. Ele já se formou e está na faculdade. Achei que tivesse me livrado dele de vez no segundo ano, quando ele se formou no IFET – ela contou, visivelmente incomodada.

– Eu encontrei com ele na entrada. Está bem diferente, né? Estou fazendo de tudo pra que nada dê errado nesta noite. Só queria pedir desculpas a quem eu magoei e que não merecia – suspirei. E a Camila também.

– Você deveria ter feito isso antes. Eu acho que nós teríamos sido ótimas amigas durante o ensino médio.

– Eu tenho certeza absoluta – disse, deixando escapar um pequeno sorriso, daqueles que acontecem quando a gente acaba de se lembrar de algo bom.

Ela ficou imóvel quando a abracei. Acho que estava apenas sendo simpática, mas eu não consegui me conter quando uma sensação de alívio tomou conta do meu peito ao perceber que havia um problema a menos com que me preocupar. Eu realmente queria que a Camila tivesse feito mais parte da minha vida.

Alguns minutos depois, vi que o Eduardo e a Carol estavam se beijando bem no meio da pista de dança. Aproveitei para fotografar a cena e usar a foto como pretexto para puxar assunto com a Carol e também pedir desculpas. Queria conversar com ela a sós, mas eles não se desgrudavam nem por um instante. A festa já estava quase no final quando vi que o Eduardo foi se afastando da Carol para ir em direção ao banheiro. Era a minha chance.

– Oi, Carol – cumprimentei, sem jeito.

– Oi – ela respondeu, olhando para os lados, provavelmente tentando descobrir se o Eduardo estava à vista.

– Eu queria conversar com você – tentei ser firme.

– Sério mesmo? Aqui? – ela disse impaciente, como se não quisesse me ouvir.

– Sim, aqui, e tem que ser agora. Você precisa me escutar – insisti.

– Olha, Anita, eu realmente não quero discutir no dia da sua formatura – ela disse, enquanto abria a bolsa e procurava por algo que visivelmente não sabia o que era.

– Eu não quero discutir – eu disse, com firmeza, ao mesmo tempo tentando não soar ríspida. A última coisa que eu precisava naquele momento era de uma briga, então tratei de amenizar a situação. – Eu sinto muito sua falta, prima. E só quero que você saiba que, mesmo de longe, torço para que você seja muito, muito feliz. Não importa quem esteja ao seu lado – completei, e uma lágrima finalmente escorreu dos meus olhos. – Lembra de todas as promessas que fizemos quando éramos mais novas? Que nós nunca nos separaríamos por causa dos garotos? Que eu saberia todos os seus segredos e você os meus? Que eu seria madrinha do seu casamento?

– Lembro. É claro que eu lembro. Até você armar contra mim e eu perceber que ter o mesmo sangue não quer dizer absolutamente nada – ela disse, em um tom sério, ainda magoada e demonstrando que ainda se sentia traída.

– Você tem razão. Eu fui uma idiota, agi errado, mas minhas intenções eram boas. Eu juro! Eu achava que estava te ajudando – fitei meus sapatos, com o coração apertado.

– Ninguém ajuda alguém oferecendo o namorado dela para outra garota, Anita. Não entendo o porquê de você não gostar do Eduardo! Ele tem defeitos como todos os caras, mas é quem eu escolhi! É quem eu amo e quero ao meu lado.

– Agora eu sei disso, mas não via assim naquela época. Por isso estou aqui te pedindo desculpas. Quero conquistar sua confiança de novo – insisti.

– Então pare de brigar com o Eduardo, pare de implicar com ele – ela disse, e sua voz agora era mais suave, talvez até suplicante, como se bem lá no fundo ela realmente estivesse esperando pelo dia em que nos tornaríamos amigas novamente.

– Vou me esforçar, prometo.

Eu queria abraçá-la, mas naquele exato instante, quebrando nosso momento precioso e delicado feito cristal, o Fabrício apareceu, cambaleando, com um copo de vodca na mão e o nó da gravata já frouxo, e espatifou nosso encontro em mil pedacinhos.

– Ah, o amor em família é lindo, não é? – zombou.

– Deixe a gente em paz, cara – eu disse, pegando minha prima pelas mãos e caminhando em sentido oposto ao dele.

– Agora você diz isso, né? Mas bem que você queria ela longe do namorado, por causa de uma paixãozinha platônica que tinha por ele – alfinetou.

– Pare de inventar histórias, moleque. Porque ninguém aqui vai acreditar – falei, encarando o Fabrício com firmeza. Ele deu um passo para trás, e eu confirmei para ele o que havia mostrado há alguns minutos: que não tinha medo algum dele. Nesse instante, o Eduardo saiu do banheiro e ouviu o final da conversa.

– O que está acontecendo aqui? – ele parecia nervoso.

– Nada – a Carol disse, largando minha mão e correndo para os braços dele.

– Eu estava apenas contando a história do dia em que você traiu sua namorada, cara. Ainda bem que você chegou, porque pode dar mais detalhes pra gente. – O Fabrício balançava o copo nas mãos, esperando reação de qualquer uma das partes. Ele estava tão bêbado que tinha até dificuldade em formular as frases.

– Cala a sua boca! Eu não quero brigar aqui! – o Eduardo falou muito bravo. Ele nunca foi do tipo de pessoa que consegue se controlar por muito tempo.

– O que foi? Tem medo do que as pessoas vão pensar? Não seja por isso. Todo mundo aqui já sabe da história, fiz questão de compartilhar na época – ele aumentou o tom, gritando para quem estava passando. – Não é, pessoal?! Todo mundo sabe que o garotão aqui é o pegador, certo?!

Aquela foi a gota d'água. O Eduardo deu um empurrão no Fabrício, que acabou derrubando a bandeja cheia de copos de um garçom que passava bem na hora. O barulho das taças se quebrando fez todo mundo olhar em nossa direção.

O Fabrício revidou com um soco no nariz do Eduardo, que começou a sangrar e fez a Carol gritar, pedindo que alguém os separasse. O som agudo da voz dela ecoou e chamou mais a atenção dos convidados que ainda estavam na festa. Nossos pais estavam longe e conversavam sem saber do que acontecia, mas algumas pessoas que estavam por perto entraram na briga para separar os garotos. A Luiza surgiu no meio da multidão e ordenou que eles parassem, ou ela chamaria os seguranças da festa. A Carol saiu com o Eduardo para um canto e eu fui com o Fabrício para o outro. Precisava ter certeza de que ele não aprontaria mais nada. Pedi para a Luiza tentar dispersar os curiosos enquanto o garçom recolhia os cacos de vidro. O Fabrício estava completamente fora de si. Havia bebido muito e, depois do susto, começou a vomitar. Minha vontade era deixá-lo lá, sozinho, passando mal, mas o senso de responsabilidade da Anita de 30 anos não permitiu.

A Camila apareceu logo depois, e estava nitidamente envergonhada. Chamou a família no mesmo instante e, para evitar mais constrangimentos, eles acabaram indo embora da festa.

Quando voltei para a mesa da minha família, todos estavam me encarando com olhares de repreensão, como se mais uma vez a culpa fosse inteiramente minha. A Carol até contou que eu só fui pedir desculpas e que o Fabrício é que havia provocado, mas meus pais e tios pareciam furiosos e nos fizeram ir embora logo em seguida. No caminho até o carro, minha irmã colocou o braço ao redor dos meus ombros e começou a falar.

— Pelo menos tivemos um pouco de emoção, maninha — disse, tentando me consolar.

— Aposto que nem deu tempo de você sentir falta do seu namorado — eu falei sorrindo.

— Nem me fale! Ele não responde às minhas mensagens desde cedo — ela cruzou os braços, andando mais devagar.

— Quer que eu dê um jeito nele? — perguntei.

— Não! Cuide dos seus problemas, porque parece que eles se multiplicam com o passar do tempo. Pode começar com essa peça solta aí na câmera. Está quebrada ou é assim mesmo? — ela disse, apontando para a Canon em minhas mãos.

Com toda a confusão, a câmera do fotógrafo deve ter esbarrado em algum lugar, porque a peça estava mesmo quebrada. Eu não tinha a menor ideia do que fazer, mas decidi ir para casa bem quieta, sem dar certeza para a Luiza de que a Canon havia quebrado mesmo e sem pedir ajuda aos meus pais. Pensaria em uma solução depois.

No carro, todos estavam em silêncio. Se na ida eu estava adorando a sensação de estar ali de novo, perto da minha família, na volta, tudo o que eu mais queria era desaparecer.

Cheguei em casa e fui correndo ver se achava no Google o manual da câmera ou algo que me ajudasse a arrumar a peça quebrada. Meu computador havia ficado ligado e, assim que apertei o botão do monitor, algo aconteceu. Eu não conseguia respirar direito e os móveis pareciam girar em volta de mim. Minha cabeça latejava e senti um vazio enorme no peito. Era como se eu estivesse desaparecendo, perdendo o controle do meu corpo.

De repente, senti um cheiro doce de rosas. Eu não estava mais no Brasil. Naquele momento, tive certeza, era hora de reencontrar o Henrique em Paris e de esquecer meu passado, que, aparentemente, assim como a câmera, estava bem difícil de consertar.

2

Um dia feliz com uma boa companhia é
sempre ainda mais feliz.

A primeira coisa que percebi, quando abri os olhos, foi o canto dos pássaros. A luz da janela iluminava todo o cômodo e a claridade me fez esfregar os olhos. Ao me levantar e ficar diante do espelho, me dei conta de que tinha dormido de maquiagem e que aquela não foi uma boa ideia. Percorri o quarto do hotel até encontrar minha bolsa. Ela estava apoiada no abajur, sobre o criado-mudo ao lado da cama. Apanhei-a e comecei a revirar o conteúdo, que estava misturado a muitos papéis amassados, meu passaporte e um par de óculos de sol. Tive que virar tudo na cama para finalmente encontrar meu celular. Confirmei o dia, o ano e as horas. Alívio! A sensação de vazio que me preenchia segundos antes desapareceu instantaneamente, mais ou menos como se eu tivesse um milhão de problemas e, de uma hora para a outra, eles não fossem mais meus.

Eu ainda estava olhando para a tela do celular, aproveitando para checar as redes sociais com o wi-fi do hotel, quando recebi uma nova mensagem.

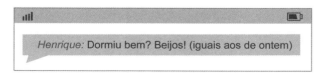

Henrique: Dormiu bem? Beijos! (iguais aos de ontem)

Senti o coração formigar ao imaginar que em algum lugar da cidade ele também estava acordado pensando em mim. Guardar tantos segredos era uma tarefa que fazia com que eu me sentisse extremamente solitária, e saber que ele estava perto era um conforto enorme. Eu tinha tanta coisa para disfarçar e esconder dos outros, que acabava me isolando do mundo para me poupar. Ainda bem que eu tinha o Henrique...

Fui até o banheiro, liguei a torneira da banheira e a deixei enchendo enquanto escrevia a resposta.

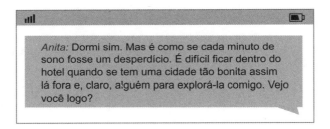

Anita: Dormi sim. Mas é como se cada minuto de sono fosse um desperdício. É difícil ficar dentro do hotel quando se tem uma cidade tão bonita assim lá fora e, claro, alguém para explorá-la comigo. Vejo você logo?

Deixei o celular em cima da pia, perto de mim, e entrei na banheira. A água estava quente e meu corpo pedia um pouco de descanso. Aquelas viagens no tempo não me causavam grandes traumas físicos, mas eu ficava exausta mentalmente e um pouco confusa.

Nunca tive crenças religiosas muito enraizadas, o que facilitou um pouco na hora de acreditar nas viagens no tempo e me entregar a elas sem questionar se eram causadas por "forças maiores" ou algo assim. Em nenhum momento havia passado pela minha cabeça a possibilidade de aquilo estar acontecendo por eu ser *a escolhida* e ter uma grande missão nas mãos. Eu era egoísta demais para me transformar em uma super-heroína de verdade. O máximo que eu conseguia fazer com o meu "dom" – ou seria minha "descoberta"? – era bagunçar minha vida e mudar a maneira como as pessoas que eu amo me enxergavam. Isso não seria considerado uma habilidade pelo o professor Xavier, não é? Se eu vivesse no mesmo universo que os X-Men, certamente seria expulsa dos quadrinhos no primeiro dia.

Eu estava quase adormecendo imersa naquela água quentinha e confortável quando o celular vibrou. Sequei minhas mãos na toalha branca que estava pendurada logo ali e estiquei o braço para alcançar o aparelho. Li a mensagem: ao contrário do que imaginei, não era do Henrique, e sim do Joel. Eu havia me esquecido completamente de enviar notícias para ele!

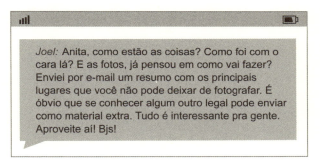

Joel: Anita, como estão as coisas? Como foi com o cara lá? E as fotos, já pensou em como vai fazer? Enviei por e-mail um resumo com os principais lugares que você não pode deixar de fotografar. É óbvio que se conhecer algum outro legal pode enviar como material extra. Tudo é interessante pra gente. Aproveite aí! Bjs!

Ler aquela mensagem me fez voltar para a realidade. Era incrível estar com o Henrique, mas a verdade é que aquilo tudo tinha um prazo para acabar. Afinal de contas, eu estava ali para trabalhar e teria que voltar para o Brasil em alguns dias. E, falando em realidade, percebi que já tinha passado das 10 horas, o que significava que eu tinha perdido o café da manhã no hotel.

Saí da banheira, vesti uma roupa confortável e abri um pacote de amendoins e uma garrafa de suco de laranja do frigobar, para enganar a fome até a hora do almoço, que eu já tinha imaginado que seria com o Henrique. Enquanto comia, respondi a mensagem do Joel agradecendo pela ajuda e dizendo que em breve os arquivos estariam no e-mail dele, mas não falei nada a respeito "do cara lá".

Fui até a janela e fiquei animada quando vi que o tempo estava aberto, ensolarado até. Depois, liguei para a minha mãe para avisar que estava tudo bem. Mesmo com tanta tecnologia e programas de videoconferência no computador, ela não trocava o telefone por nada neste mundo. Ela me perguntou sobre a cidade, o clima, as pessoas, e gastei um bom tempo falando da neve e dos lugares cinematográficos que eu havia visitado no dia anterior. Conversamos o mais rápido que foi possível e, por um momento, eu quase pedi para ela mandar um beijo para meu pai. As idas e vindas no tempo não eram nada boas nesse sentido. Era como perder o mesmo ente querido várias vezes em uma única vida, e isso era triste.

Me despedi dela e em seguida mandei mais uma mensagem para o Henrique, sugerindo encontrá-lo na porta do hotel ao meio-dia. Aproveitei aquele tempinho que eu tinha até precisar começar a me vestir para tratar algumas fotos tiradas no dia anterior e me deslumbrar ainda mais com os detalhes daquela cidade. As fotos nem precisavam de filtro ou efeitos, já estavam lindas antes mesmo da edição.

Foi aí que a resposta do Henrique chegou no meu celular. Ele confirmou que estaria ao meio-dia na porta do meu hotel e que tinha "uma coisa muito legal para me contar". Dali a alguns segundos, vi que ele postou nas redes sociais algo como "Vocês não podem imaginar o que está por vir...". Aquilo me deixou tão ansiosa que larguei o que estava fazendo e comecei a me arrumar naquele mesmo minuto. Deveria ser algo muito sensacional mesmo, e eu não precisaria imaginar nada, porque ele me contaria a tal coisa misteriosa dali a pouco tempo. Mas eu tinha que estar mais incrível do que as centenas de garotas que compartilharam a publicação e comentaram com mensagens carinhosas.

Passei uma maquiagem de leve, revirei tudo o que trouxe na minha mala e troquei de roupa pelo menos dez vezes até achar que eu estava bem. A sensação de não ser boa o suficiente para ele me angustiava. Por mais que aquele cara continuasse sendo o Henrique fisicamente, ele agora tinha fama o suficiente para qualquer uma daquelas garotas se

jogarem aos seus pés mesmo sem conhecê-lo direito. Tá, vai...
Eu também já não sabia se o conhecia mais direito, mas essa
era a última coisa na qual eu queria pensar.

Passei mais algumas camadas de rímel, retoquei o batom,
passei um pouquinho de perfume, peguei meu sobretudo e
saí do quarto uns vinte minutos antes do horário combinado.
O corredor do hotel era tão lindo! As paredes eram cobertas
com um papel de parede preto com detalhes brancos, e, no
chão, a gente pisava um carpete vinho macio. Eu me sentia
um pouquinho desconfortável porque, por mais que estivesse
arrumada, achava que nunca estaria elegante o suficiente para
aquele lugar. Todas as pessoas ao meu redor pareciam sempre
estar indo para uma reunião importante ou a um jantar ro-
mântico. Além disso, todo mundo falava francês! Eu sei que
isso é óbvio, mas a língua é tão elegante que tudo parecia virar
cena de filme. Todo instante em Paris é glamoroso.

Quando cheguei à recepção, um senhorzinho de cabelos brancos e uniforme azul se aproximou. Senti um frio
na espinha! Por alguns instantes achei que eu tivesse feito
alguma coisa errada ou que talvez houvesse algum problema
com o meu cartão de crédito – vai saber... Mas ele só queria
me avisar, em inglês, que haviam deixado algo para mim.
O sotaque dele era tão forte e fofo que eu demorei alguns
segundos para entender o que ele estava dizendo.

Eu o segui até o balcão, onde uma outra funcionária do
hotel falava ao telefone. Ela usava um coque, batom rosa e muitas
camadas de rímel. Era tão bonita e longilínea que poderia facil-
mente ser uma modelo da Victoria's Secret. Era impressionante
como todo mundo naquela cidade era magro e estiloso.

Vi, em cima de uma mesa redonda, um buquê de flores
lindo, com um cartãozinho amarelo pendurado. O senhorzinho o entregou para mim, dizendo que o deixaram ali
mais cedo e pediram para entregar quando eu viesse tomar
o café da manhã. Como eu nem cheguei a descer, acabei só
recebendo naquele instante.

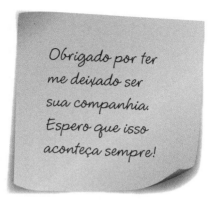

Obrigado por ter me deixado ser sua companhia. Espero que isso aconteça sempre!

As flores eram coloridas e o cartão havia sido escrito à mão. Eu não me lembro de alguém ter feito aquilo para mim alguma vez. Eu não gosto de receber flores, mas, sendo do Henrique, aquilo era tão incrível que eu desejei que elas nunca morressem. Alguns curiosos que estavam na recepção começaram a me olhar. Ouvi duas meninas cochichando. Era certeza que minhas bochechas estavam tão vermelhas quanto o vestido que eu usava. O senhor que me entregou as flores disse algo em francês que eu não entendi direito, mas imagino que tenha sido algo bom, pois todo mundo sorriu para mim. Peguei as flores e procurei um lugar para me sentar na recepção do hotel. Ser o centro das atenções definitivamente não era para mim, então coloquei fones de ouvido e desejei que o cara que enviou aquelas flores não se atrasasse, porque meu nível de ansiedade estava alto.

Vi pelos vidros das janelas que davam para a rua o Henrique se aproximar alguns minutos depois. Ele usava All Star, jeans e um casaco azul, combinando com o cachecol xadrez de diferentes tons. Eu o reconheci pelo cabelo, pois ele estava usando óculos de sol Wayfarer. Algumas meninas que também estavam sentadas na recepção levantaram-se na minha frente e foram desesperadas na direção dele, assim que o avistaram. Pareciam duas hienas. Por um instante, achei que eu tivesse confundido aquele rapaz com outra pessoa, mas era o Henrique mesmo.

Aquela havia sido a primeira vez em que o vi ser abordado por fãs, e confesso que foi um sentimento estranho, uma mistura de ciúmes com medo. Porque o *meu* Henrique nunca foi famoso, e eu não conseguia imaginá-lo lidando com assédio de desconhecidos. Muito menos gostando disso! Ele provavelmente atravessaria a rua e faria alguma piada sobre o barulho que elas faziam.

Mantive certa distância até que elas se afastassem dele, o que demorou alguns minutos, pois as duas pediram autógrafos, tiraram fotos e até o fizeram gravar um pequeno vídeo para uma amiga delas que era muito apaixonada pelas músicas que ele postava na internet. O Henrique foi extremamente simpático e atencioso. Fiquei ainda mais enciumada, porque elas eram lindas e estavam praticamente se jogando em cima dele, e eu estava parada, assistindo à cena, enquanto segurava as flores que ele havia me mandado.

Eu não sabia muito bem o que fazer. Dizem que o primeiro encontro é difícil, mas acho que o segundo é o que realmente assusta. Como seria melhor agir? Nós deveríamos nos cumprimentar com um longo beijo ou apenas com um abraço, fingindo que nada havia acontecido na noite anterior? Será que eu estava muito velha e não sabia mais como flertar com um cara, mesmo que o tal cara fosse meu melhor amigo e eu o conhecesse mais que a mim mesma? *Bem, quase isso*, pensei, ao analisá-lo se despedindo das garotas e vindo em minha direção. Será que eu ainda o conhecia *mesmo* tanto assim?

– Oi, desculpe pela demora. E você recebeu minhas flores! – ele estava tão perto que eu conseguia sentir o cheiro do seu perfume. – Você está linda! – disse, colocando as mãos em volta da minha cintura, me dando um beijo no cantinho da boca e resolvendo meu problema quanto ao cumprimento.

– Quer dizer que você se tornou o tipo de cara que manda flores no dia seguinte? – perguntei, sem pensar direito no que estava dizendo.

– Como assim *me tornei?* Que eu saiba, sempre fui assim, mas só com as garotas especiais, que aparecem nos meus sonhos antes de eu conhecê-las pessoalmente – ele disse, segurando minhas mãos e olhando bem nos meus olhos. Meu corpo pareceu derreter.

Sorri, mas constatei que precisava tomar mais cuidado. Se eu quisesse manter as viagens no tempo em segredo, ou se eu, no mínimo, não pretendia parecer uma louca que inventa histórias, teria que pensar duas vezes antes de dizer algo que o fizesse desconfiar.

– Hum. Vou fingir que acredito que esse charme todo é só pra mim, ok? – disse brincando e disfarçando minha "quase bobagem" dita.

Pedi na recepção para colocarem as flores em meu quarto e saímos do hotel. Caminhamos por alguns minutos, e o Henrique continuou bancando o guia turístico. Ele conhecia a cidade muito bem e a cada esquina me mostrava uma curiosidade, ou mesmo um fato bobo e sem importância, mas que ganhava toda a relevância do mundo quando saía da sua boca. Eu me surpreendia muito com duas coisas: a quantidade de filmes que haviam sido gravados naquela cidade e o fato de o Henrique ser tão culto a ponto de saber tanto a respeito deles, inclusive sobre quem os dirigiu e até o ano em que foram lançados. O Henrique que eu conhecia como meu melhor amigo era um verdadeiro cinéfilo e ele ter chegado tardiamente em minha vida não havia alterado isso, ainda bem. No meio de toda a loucura instalada dentro de mim, como era bom ver que algumas coisas boas não mudavam!

Chegamos a um lindo parque chamado Jardim de Luxemburgo. Havia grandes gramados, árvores, um prédio antigo imponente, um lago, crianças brincando e muitas cadeiras espalhadas pela grama. Imaginei que nas épocas mais quentes provavelmente ali também estaria cheio de flores. As pessoas tomavam aquele sol mirrado de inverno como se aquele lugar fosse uma praia. Mas era lindo e cuidado, mesmo que as árvores estivessem totalmente desfolhadas e houvesse um restinho de neve. Saquei minha câmera e já comecei a fotografar, enquanto o Henrique me explicava que havia muitos lugares assim espalhados pela cidade. Havia algumas flores coloridas ao nosso redor, que pareciam ter resistido ao frio somente para me encantar com aquela visão. Definitivamente, aquele era o parque mais incrível que eu já tinha visto.

– O último inverno foi muito rigoroso – ele começou a dizer –, o pior dos últimos trinta anos. Os franceses comemoram e aproveitam esses dias repentinos de sol fora de época trazendo toda a família para o ar livre – concluiu, enquanto admirávamos a paisagem.

– As pessoas aqui parecem viver num ritmo diferente, né? Sei lá. É como se sempre tivessem tempo – divaguei, inspirando profundamente. – É ótimo perceber isso em uma cidade tão grande como Paris. Em São Paulo, todos estão sempre num ritmo frenético, parece que as pessoas nunca param para aproveitar a vida.

– Acho que você também terá essa impressão quando conhecer os outros países da Europa. Aqui as pessoas não vivem para o trabalho, como no Brasil. Elas trabalham para viver. É diferente porque as prioridades são outras. A qualidade de vida também, claro.

– Sim, isso é importante, e a gente esquece. Vou procurar me lembrar disso para rever minhas prioridades – falei pensativa.

– Ei, já que estamos falando de coisas profundas, me deixa te perguntar. Não tem momentos em que você sente, assim, um vazio interno? – Henrique perguntou sério, mas eu vi que o canto de sua boca denunciava que viria uma brincadeira.

– Como assim? – perguntei sem entender direito.

– Fome! Vamos almoçar?

***

Henrique me levou a um bistrô charmoso bem perto de onde estávamos e nos sentamos lado a lado, em uma mesa ao lado da janela, voltados para a rua. Infelizmente estava muito frio para ficarmos do lado de fora, à moda parisiense. Quando o garçom trouxe o cardápio, fiquei olhando para aquelas palavras desconhecidas durante um tempão, com um pouco de dificuldade para entender os pratos franceses. Henrique percebeu e me ajudou a escolher, fazendo o pedido em francês perfeito, sem nenhuma dificuldade.

– É, Henrique... Se eu não conhecesse você há tanto tempo, juraria que você é francês de verdade – eu disse após o garçom se retirar, me recostando na cadeira e logo percebendo a burrice que havia acabado de dizer.

– "Há tanto tempo", você quer dizer "dois dias"? – ele perguntou, passando os braços sobre meus ombros e me beijando rapidamente.

Ai. Eu precisava parar de dar dessas, urgente.

– Bom, o Facebook nos apresentou antes disso, vai? – Disfarcei espalmando as mãos na mesa e tentei mudar rapidamente o assunto que eu mesma havia começado: – É... você demorou muito pra se acostumar a morar aqui? – perguntei tentando parecer natural.

– Ah, não é difícil se acostumar com algo que é bom, certo? No começo foi complicado, sim, é claro. É outra cultura, e nós, brasileiros, somos muito afetivos. Eu sentia falta da minha mãe e dos meus amigos da faculdade o tempo todo. Demorei um pouco pra fazer novas amizades e dominar a língua a ponto de puxar papo com alguém, e no início me senti mesmo um pouco sozinho. Mas depois a gente se habitua – disse, nostálgico.

– E você não pensa em voltar para o Brasil? – aquelas palavras saíram da minha boca sem que eu calculasse a importância da resposta e o quanto ela poderia tornar as coisas pesadas entre nós. Não queria que ele soubesse de cara que, para mim, ele significava muito mais do que eu demonstrava. Tinha medo de que meu sentimento o assustasse e nos afastasse mais uma vez. Ninguém se envolve tão rápido e tão intensamente com outra pessoa assim. Isso é coisa de adolescente, e eu não podia mais agir como uma garota inexperiente.

– É justamente sobre isso que quero conversar com a senhorita – ele respondeu, tirando uma mecha de cabelo que estava cobrindo parte dos meus olhos. – Preciso te contar uma coisa importante. Uma boa notícia!

Eu fiquei um pouco tensa com o que poderia vir, mas logo minha curiosidade foi maior. Até aquele momento, eu estava tão entretida com o passeio no parque e com o que o Henrique falava que tinha até esquecido que ele tinha algo importante a dizer.

– Sim, me conta logo! – exclamei.

– É que eu planejei um passeio especial pra nós dois, então vou guardar segredo até chegarmos lá – ele explicou, fazendo suspense. – Vamos comemorar juntos o que eu vou contar em um dos meus lugares favoritos deste país! O legal é que você vai conseguir fazer ótimas fotos e enviar um material incrível pra agência.

– Puxa, achei que o passeio já fosse este! Vai ter mais? Muito bom! Mas quer dizer que o senhor vai continuar fazendo mistério e me deixar mais curiosa ainda e por mais tempo? Isso é maldade! – empurrei-o levemente para o lado, mas ele logo passou os braços ao meu redor de novo.

– Dizem que o melhor jeito de conquistar uma garota é a surpreendendo sempre que possível – ele falou, com um charme irresistível, olhando fundo nos meus olhos.

– Então as flores e o parque foram só um aquecimento? – eu disse, me virando totalmente para ele e também olhando em seus olhos demoradamente.

– Digamos que sim. Surpresa não vai faltar no dia de hoje. – Agora ele estava olhando para a minha boca.

45

Sorri envergonhada, sem saber direito o que dizer, mas em um segundo já não precisava pensar em fazer mais nada com meus lábios. Eles já estavam ocupados demais encostados nos dele.

***

Depois do almoço, fomos caminhando pela mesma rua do restaurante. Andamos um quarteirão e o Henrique parou diante de um carro pequeno, que parecia de brinquedo, estacionado ao lado da calçada. Me surpreendi quando ele abriu a porta do passageiro e me fez entrar. Então quer dizer que íamos de carro? Era um Mini Cooper vermelho de dois lugares. Não entendo nada de automóveis, mas aquele modelo já tinha chamado minha atenção quando circulei pelas ruas de Paris no dia em que cheguei. Nunca havia visto um daqueles no Brasil, apesar de o Henrique me explicar depois, no caminho, que esse carro existia sim no nosso país.

O Henrique não falava nada sobre aonde estávamos indo, por mais que eu tentasse descobrir, mas vi que saímos da cidade e pegamos uma estrada. Havia um pouco de trânsito na rodovia, mas a paisagem da França era tão linda e diferente que fazia com que eu não me importasse nem um pouquinho de ficar mais tempo na estrada, principalmente ao lado do Henrique. Tudo era interessante e bonito, e a companhia era a mais perfeita.

Em um determinado momento, sem desviar os olhos da estrada, ele pegou seus óculos escuros que estavam no porta-luvas e colocou no rosto. Isso só me fez pensar no quanto ele ficava lindo usando óculos de sol, e pela primeira vez consegui enxergá-lo como um daqueles famosos que os *paparazzi* perseguem. O rosto dele, daquela versão do Henrique, estava mais fino e anguloso. Ele definitivamente poderia estar na capa de uma revista, e eu tenho certeza que a compraria sem nem pensar duas vezes... *Meu Deus! O que eu estou pensando? Eu tenho 30 anos! Pelo menos por enquanto...*, suspirei devagarzinho, para que ele não desconfiasse das coisas que se passavam pela minha cabeça enquanto eu fazia cara de paisagem.

Depois de cerca de uma hora de viagem, que eu nem senti passar, vi uma placa indicando que estávamos próximos a um lugar chamado Giverny. Aquele nome não me era estranho, mas não me ocorreu nada que fizesse dar algum palpite em voz alta sobre o que era aquele lugar. Através da janela do carro, eu apenas observava atentamente cada detalhe das ruas e construções. Em um determinado momento, Henrique parou o carro em uma espécie de estacionamento a céu aberto, que estava bem vazio.

– Chegamos, *mademoiselle!* – ele disse e logo desceu do carro, dando a volta e abrindo a porta para mim, com um gesto propositalmente exagerado.

Quando desci, senti o silêncio e a natureza. Estávamos em um lugar que não chegava a ser uma cidade. Era mesmo um pequeno povoado, na verdade apenas uma rua de uns dois ou três quilômetros no máximo, onde não deviam morar mais de 500 pessoas, e tudo muito tranquilo, com uma paisagem inacreditável. Quando vi um casal de idosos atravessando a rua de pedra e indo em direção a uma pequena casa com flores na sacada, achei que poderia passar o resto da minha vida ali. Aquele lugar era tão inspirador que merecia ser registrado. Peguei a câmera na minha bolsa e comecei a fotografar sem parar. Eu ia ter muito material extra para mandar para a agência, e tinha certeza de que iam adorar.

Click!

– Eu sabia que você ia gostar de fotografar aqui! – Henrique me falou sorrindo.

– Este lugar consegue ser ainda mais lindo que Paris! A luz que tem aqui é incrível, e olha que estamos no inverno! – eu afirmei, sorrindo também, e sem parar de bater fotos.

– Sim, é verdade, este lugar é muito mais bonito na primavera e no verão, porque fica lotado de flores de todas as cores.

– UAU! Já estou imaginando! Deve ser mágico com as flores!

– Sim, aqui é um lugar muito especial por diversos motivos. Está vendo aquela casa? Ali morou Claude Monet, um dos maiores pintores impressionistas da história. Sabe qual é? A casa em que ele morou é tão incrível que virou um museu e as pessoas podem conhecer.

– Meu Deus! – levei as mãos à boca e arregalei os olhos, extasiada com a visão – Agora entendi por que eu conhecia o nome desta cidade de algum lugar. Estamos na terra de Monet! Claro, os famosos jardins que ele pintou! Mas por que está tudo tão vazio?

– Na verdade, ele fica fechado à entrada de turistas e visitantes agora durante o inverno. Só vai abrir de novo em abril.

– Ah, que pena! Gostaria tanto de conhecer cada cantinho daqui! Vou ter que voltar quando estiver aberto, com certeza!

– Nem vai precisar, Anita.

– Como assim? Por quê?

– Porque nós vamos entrar e conhecer hoje. Eu trouxe você aqui porque é um lugar muito especial pra mim também. Eu venho tanto aqui pra me inspirar que acabei ficando amigo de algumas pessoas que trabalham na administração. E pedi a uma delas pra abrir uma exceção e me deixar trazer uma pessoa especial, que veio de muito longe e que iria amar conhecer o local. E adivinha? Eles autorizaram! Espera só um segundo aqui que eu vou falar com meu amigo que estamos aqui!

– Henrique, não acredito! Você é demais! – eu falei e pulei no pescoço dele, dando um abraço e um beijo estalado na bochecha.

Ele foi até a casa que estava diante de nós, entrou pela porta da frente e em menos de cinco minutos reapareceu e fez um gesto para eu me aproximar de onde ele estava. Fui correndo feito uma criança, ele sorriu achando graça, pegou minha mão e começamos a andar em direção à entrada do lugar.

Era incrível! Só o Henrique poderia planejar um encontro como aquele. Apertei forte sua mão e sorri mais, me deixando ser conduzida. Eu não tinha dúvidas de que aquela tarde seria muito especial. Ficamos lá durante quase duas horas, mas por mim poderíamos ficar para sempre! Estar ali era como entrar em um daqueles quadros. Sim! E o mais genial é que fiquei sabendo que aqueles jardins retratados por Monet tinham sido cultivados por ele próprio.

Surpreendentemente, mesmo sendo inverno, algumas flores ainda resistiam ao frio, e eu fiquei imaginando que aquilo era um presente para mim, só para eu ter uma ideia de como tudo ficava quando florido. A luz do sol atravessava as folhas e iluminava cada pedacinho de terra, ainda havia um pouco de neve meio derretida, e era como se o inverno estivesse dando uma trégua para que eu pudesse viver o encontro perfeito. Passamos pela famosa ponte japonesa (da qual eu devo ter tirado umas cem fotos) e de lá consegui fotografar o espelho d'água e as plantas aquáticas que resistiam ali.

Quando saímos, avistamos um café, que devia ser o único aberto por ali, e Henrique sugeriu que fôssemos lá tomar um cappuccino, para ajudar a nos aquecer naquele frio. Lá dentro, o ambiente era aconchegante e bem quentinho. Assim que nossas bebidas chegaram, eu entrei no assunto da "notícia misteriosa".

– Henrique, eu adorei que você me trouxe aqui, mas não esqueci que você disse que tinha uma coisa pra me contar. Você não vai acabar com esse suspense? Me conta! Qual é, afinal, a boa notícia?

– Calma! Eu sugeri que entrássemos aqui porque já planejava te contar! – Ele se aprumou na cadeira, umedeceu os lábios e começou a falar bem mais baixo, em um tom grave. – Bom, por acaso você já ouviu falar de um talk show inglês chamado The Music?

– Sim, claro! Eles sempre descobrem ótimos cantores e fazem entrevistas engraçadíssimas! Só acho o apresentador meio bobo, mas gosto do formato do programa – eu disse, bebericando o cappuccino.

O Henrique demorou a falar e só então percebi algo de estranho naquela conversa.

– Peraí. Vai me dizer que...

– Então...

– Você vai no The Music?

– Sim! Eles vão fazer um programa especial... sobre cantores que fazem sucesso na internet.

– UAU! E você foi convidado?! – perguntei, ou melhor, quase gritei. Já não estava mais me contendo de entusiasmo.

– Sim! Eu nem acreditei quando recebi o telefonema do meu agente, o Brown. Aliás, logo você vai conhecê-lo! Ele disse que é uma oportunidade incrível pra que eu consiga chamar a atenção dos produtores e gravadoras. Dá pra acreditar nisso, Anita? Talvez eu consiga lançar meu primeiro CD! – O Henrique não escondia a empolgação, e com razão. Aquela era mesmo uma ótima oportunidade.

– É claro que você vai conseguir! Eu não tenho nenhuma dúvida disso! Você já sabe quando será a gravação? – eu estava ao mesmo tempo curiosa e com receio da resposta.

– O programa é ao vivo e acontece toda sexta à noite. Foi tudo muito rápido, nem deu tempo pra pensar, soube antes de ontem. Isso quer dizer que meu programa será depois de amanhã! Ainda não recebi todos os detalhes, mas ainda hoje o Brown deve me ligar pra contar.

– Mas então você vai ter que ir para Londres? – perguntei, e no meio da minha empolgação havia uma pontinha de tristeza por ter de ficar longe dele. Procurei disfarçar, mas ele com certeza percebeu.

– Sim, mas fique tranquila, vou só na sexta depois do almoço, são só duas horas de trem de Paris a Londres, muito fácil e rápido. Temos o dia todo de amanhã para ficarmos juntos, e a manhã de sexta-feira também. No sábado de manhã eu já estarei aqui de volta e vai até dar tempo de levar você ao aeroporto. – A voz dele tinha um tom de consolo, apesar de o entusiasmo ser maior. – Aliás, você poderia ir comigo! O que acha? Vamos?

– Ah, isso seria bem complicado! Estou aqui a trabalho, tenho que fazer as fotos que faltam. E não é justo eu usar o tempo que tenho pra algo que não seja fotografar pra agência. Além do mais, eu não teria grana pra pagar essa viagem até Londres, o hotel...

– É, você está certa. Mas eu prometo que vamos ficar longe um do outro o mínimo de tempo possível, tá? – Henrique falou, sendo fofo e tentando me incluir ao máximo.

– Tudo bem. Mas é certo que vai ser na sexta, né? Bom, se for, você já pode contar pro público e espalhar a notícia na internet? – Eu deixei me contagiar pela empolgação dele. Aquilo era tudo o que o Henrique precisava para alavancar sua carreira e as coisas começarem a dar certo de verdade. Se ele estava feliz, eu tinha que estar feliz também.

– Sim, é certeza! Minha ideia é mesmo usar as redes sociais pra convidar as pessoas que me seguem. Quero que todo mundo me assista! – disse, sorrindo.

– Hummm... E se você gravar um *cover* de alguma música legal e no final do vídeo divulgar a participação no programa? – sugeri, querendo fazer parte daquele acontecimento tão bom na vida do Henrique.

– Ótima ideia! Mas eu não tenho noção de qual música tocar. Sugestão?

– Precisamos pensar com calma. Quando voltarmos para Paris, podemos perguntar nas redes sociais e descobrir o que as pessoas querem ouvir – eu já estava raciocinando como se o projeto fosse também meu.

– Boa! – Ele esfregou o nariz de um jeito tão lindo que eu quis beijá-lo de novo. – Nós somos uma ótima dupla, sabia?

– Eu sempre soube disso.

Alguém abriu a porta do café, uma leve corrente de ar entrou e fez minha franja deslizar e cobrir parte dos meus olhos. Henrique colocou os fios no lugar com a ponta dos dedos e depois segurou o meu queixo, inclinando meu rosto suavemente em sua direção. Então, se aproximou um pouco mais e encostou os lábios nos meus. Eu conseguia sentir o ar quente vindo da sua boca e ouvir as palavras que ele dizia. Então ele falou uma das frases mais lindas que já ouvi:

– Depois me lembre de agradecer ao universo por ter te trazido aqui!

Eu pensei que quem deveria agradecer era eu. Mas fiquei quietinha, me sentindo a mais feliz das criaturas, encolhida no abraço de Henrique, escutando sua respiração e me esquecendo de que havia mundo à nossa volta.

***

Quando saímos de Giverny, eram mais ou menos 17h30, e em alguns minutos já estava escuro naquele inverno gelado da França. Pegamos um pouco de trânsito ao voltar a Paris, mas isso nem chegou a ser problema, já que não paramos de conversar nem por um instante e o tempo voou. Antes de me deixar no hotel, o Henrique e eu paramos em um café para comer alguma coisa. Depois, ele me levou até a porta do hotel. Estacionou o carro, desligou o motor, e vi que deslizava o dedo no celular parecendo procurar alguma coisa. Uma música começou a tocar.

– O que você acha dessa? – me perguntou de repente, como se estivéssemos continuando uma conversa.

– Para o *cover* de divulgação na internet do The Music?

– Sim! Me veio essa ideia na cabeça agora, acho que pode ser boa. Que tal?

O som de um violão preencheu o silêncio. Eu não fazia ideia de qual era o nome daquela música, mas a voz suave da cantora e a letra me fizeram fechar os olhos e sorrir. Eu conseguia ouvir meu coração batendo.

– Não poderia ter escolhido melhor! – Tentei prestar atenção na letra.

Ele começou a cantar baixinho, junto com a música, ao mesmo tempo que sorria e piscava para mim. Eu quase derreti. A certa altura, ele pausou a música, me encarou e lançou uma proposta direta.

– O que você acha de ir à minha casa amanhã? Posso te mostrar algumas músicas minhas ao vivo e uma prévia do *cover*. Garanto a você que sou bem melhor assim do que pela internet! – ele disse, enquanto fazia um carinho em meu cabelo.

– Ah, se você tocar uma música que eu goste, fizer um café bem gostoso e garantir a qualidade desse show ao vivo, posso pensar no seu caso. – Eu queria provocá-lo, mas, no fundo, aquela pergunta me fez imaginar o que poderia acontecer lá. Senti um arrepio na espinha e um calor tomou conta de cada centímetro do meu corpo. Nem precisei olhar no espelho para saber que eu estava tão vermelha quanto meu cabelo.

– Isso foi um desafio? – Ele sorriu de um jeito diferente, meio provocador, como se tivesse pensado a mesma coisa que eu.

– Hum, pode ser... – Cruzei os braços e olhei para o lado, até um pouco encabulada.

– Então fechado! Que tal marcarmos umas 10h30? Dá tempo de aproveitarmos depois o resto da tarde pra você fazer mais fotos enquanto passearmos juntos.

– Desse jeito, o convite fica irrecusável. E como eu faço pra chegar na sua casa?

O Henrique pegou um papel no porta-luvas do carro e anotou o endereço e a estação de metrô em que eu deveria descer, e me orientou com detalhes sobre tudo o que eu tinha que fazer. Nos despedimos com um abraço forte e com um beijo demorado, o que encerrou meu dia me fazendo acreditar que nada poderia ser mais perfeito na minha vida.

3

Então você descobre que
nunca será a primeira nem a
última página da vida de alguém.

Naquela quinta-feira que prometia ser inesquecível, meu quarto dia na cidade, acordei cedo sem nem precisar de despertador, apesar de ter dormido menos. Demorei bastante para cair no sono, porque os pensamentos na minha cabeça não me davam sossego. Eu não conseguia parar de pensar e de reviver cada detalhe do dia perfeito que eu tinha passado com o Henrique. Repetia na minha memória cada beijo que ele havia me dado, cada palavra dita e cada olhar com que ele tinha me envolvido, e percebia que era cada vez mais forte e constante aquela sensação no estômago que a gente sente quando está apaixonada.

Fui fazendo as coisas meio no automático, porque meu pensamento não conseguia se desviar do Henrique. Tomei banho, me arrumei, desci para tomar café da manhã no hotel e parecia que eu estava hipnotizada com as lembranças do que tinha vivido, e minha imaginação ficava desenhando tudo o que eu ainda iria passar com ele. Eu não me aguentava de ansiedade para encontrá-lo e, quando dei por mim, tinha me servido de uma montanha de coisas deliciosas do buffet, que só os franceses sabem fazer, e estava comendo como uma doida. Olhei para os lados para ver se alguém estava me olhando com estranheza e disfarcei. A paixão deixa a gente boba e fora do eixo mesmo.

Após apanhar no quarto minha bolsa, meu equipamento de fotografia e meu sobretudo, saí em direção à estação do metrô e fiz o caminho como o Henrique havia me orientado. E tudo foi do jeitinho que ele explicou.

Ao sair do metrô para a rua, já no bairro dele, virei à direita e andei dois quarteirões, até chegar ao número que seria o do seu edifício, e logo me vi diante de um prédio com janelas enormes e grades de ferro pintadas de preto. Assim como a maioria dos prédios em Paris, aquele parecia ser bem antigo. As paredes eram amareladas como as páginas de um livro velho. Ao contrário do resto da cidade, naquela região não havia cafés ou restaurantes a cada 50 metros. Eram apenas prédios residenciais de dois ou três andares.

Ao lado da porta alta que dava para a rua, havia o painel do interfone, com o número dos apartamentos e o nome dos moradores. Em Paris era assim com praticamente todos os edifícios residenciais. Nada de prédios recuados com guarita e portaria, zeladores ou porteiros, como onde eu morava. Toquei o interfone e o Henrique logo atendeu e fez abrir a porta. Subi por um elevador apertado, que até me deu um pouco de aflição, mas isso passou assim que a porta se abriu e vi que ele estava ali me esperando.

– Bem-vinda, *mademoiselle*! É aqui que eu me escondo do mundo – ele disse, me dando um abraço e um selinho, e logo em seguida abriu espaço para eu ir na frente.

– Ah, que lugar charmoso! – foi a primeira coisa que eu disse quando entrei.

– Sinta-se em casa na minha humilde residência! – ele disse, fazendo um engraçado floreio de mãos. – Só não repare na bagunça, tá?

Bagunça?

Para um homem solteiro, aquele apartamento era o lugar mais arrumado do mundo. Móveis de madeira, clima gostoso de cafeteria dentro de casa, cortinas de bom gosto, luminárias estilo retrô, quadros pelo corredor... Me surpreendi com a coleção enorme de filmes e discos, organizada metodicamente. Ele também me mostrou uma saleta ao lado, transformada em um miniestúdio montado, com instrumentos musicais, câmera em um tripé e iluminação, que usava para gravar seus vídeos. Havia um bonito piano de baú ao lado da janela, e o máximo de desorganização que encontrei por lá foram partituras espalhadas pela casa toda, revistas e alguns livros fora de lugar.

– Nossa, Henrique! Aqui é muito aconchegante! Adorei. E seu conceito de bagunça é bem diferente do meu!

– Ah, você está sendo gentil. Ei, fique à vontade que eu vou pegar o café que prometi. Acabei de fazer. Assim já vou vencendo o desafio em três partes que você me propôs.

Concordei e ri, e ele se afastou para a cozinha. Respirei fundo enquanto olhava tudo ao redor para apreciar um pouco mais o lugar. O perfume dele estava impregnado por todo canto, e isso só melhorava minha simpatia por aquela sala acolhedora. Fui dar uma olhada nos livros, Blu-Rays e DVDs para ver se o gosto do Henrique tinha mudado muito comparado à realidade em que ele era apenas meu melhor amigo. Pelo jeito, nada havia se modificado. Só algumas coisas tinham sido acrescentadas à sua lista de preferências, como, por exemplo, filmes europeus.

Ele voltou para a sala com uma bandeja, duas xícaras de café fumegantes e, ao lado, um pratinho com *macarons* coloridos, um docinho tipicamente francês, feito com farinha de amêndoas e recheado com um creme delicioso com diversas opções de sabor. Arranjou tudo em uma mesinha da sala e se sentou ao meu lado, começando a me servir.

– Que delícia! Eu estava doida para experimentar o famoso *macaron*, mas não tinha conseguido ainda! – falei sem disfarçar minha empolgação.

– Eu achei mesmo que você ia gostar. Tem de chocolate, pistache, laranja e baunilha. Especialmente pra você!

Agradeci e não fiz cerimônia, já me servindo de um doce e tomando um gole de café. Depois, me levantei e fui até a janela, que dava para a frente do edifício.

– Este bairro é muito bonito! – exclamei, girando a cabeça e analisando os prédios da vizinhança e as folhas das árvores que caíam no chão com o vento.

– Ele não se parece nem um pouco com o lugar onde você está hospedada, cheio de hotéis, turistas e lojas, né? Aqui é mais tranquilo pra morar, um bairro residencial bem tradicional. Dei sorte quando consegui alugar este apartamento por um preço bom. É pequeno e antigo, mas, como estamos em um dos pontos mais valorizados da cidade, não troco por nada. Aliás, a maioria das pessoas nunca se muda daqui. Por isso, sempre que eu penso em voltar pro Brasil, bate aquele medo de perder a vaga.

– Quem sabe eu consigo convencer você...

Eu sinceramente não sei de onde veio a coragem (ou a falta de noção) para dizer aquela frase olhando nos olhos dele. Foi um pensamento rápido que saiu pela minha boca, daqueles involuntários e secretos, mas antes que eu pudesse piscar outra vez, as palavras já estavam no ar para quem quisesse ouvir.

– O quê? – não sei se o Henrique não ouviu ou fez que não entendeu.

– Que bom então pra você! – tentei consertar.

Acho que é por isso que dizem que se apaixonar é perigoso. Você pode enganar sua família, seus amigos, mas nunca vai conseguir fugir de algo que está dentro de você. Ninguém pode te impedir de mudar sua aparência e contar um monte de mentiras, mas a verdade é que, no fim das contas, nosso corpo nos entende melhor que ninguém. Porque ele não dá a mínima para o que vão pensar ou dizer. Não há filtros. É o sentimento e a vontade de ficar o mais perto possível de quem fez esse sentimento nascer. E eu estava tão perto naquele instante! Mais perto que nunca.

Voltei rapidamente para o sofá e me sentei na outra extremidade, mas sem querer (e provavelmente porque eu tinha soltado aquela frase e estava meio desconcertada) derrubei um violão que estava encostado na lateral e que eu não tinha visto. Voei para segurá-lo, mas ele deslizou até o chão e eu fiquei morrendo de vergonha.

– Ai, Henrique, desculpa!!! Como eu sou desastrada! Será que quebrou alguma coisa? – Eu não sabia o que fazer.

– Eu trago a pessoa pra minha casa, ofereço café, docinhos e carinho, e o que ela faz? Chuta meu violão – ele disse, com uma adorável cara de ofendido, mas deixando claro que estava brincando. Ergueu a xícara de café e continuou: – Mas como eu não guardo ressentimentos nem nada do tipo, um brinde ao violão que *não* quebrou!

Eu ri, aliviada e ainda envergonhada pelo estardalhaço com o violão, e também levantei a minha xícara. Depois de um gole, mordi os lábios e olhei na direção do violão. Era óbvio que eu já tinha visto o Henrique tocar pelo menos mil vezes, era o que fazíamos nos horários vagos em comum na faculdade, mas eu queria deixar o clima ameno e, ao mesmo tempo, tornar as coisas mais interessantes.

– Bom, já que o violão parece estar em ordem, então pode começar a cumprir os outros itens do nosso combinado. E já que estamos falando em violão...

O Henrique sorriu, apoiou sua xícara na mesinha de centro e pegou o instrumento musical, dedilhando algumas notas rápidas para conferir a afinação.

– Tudo bem. Não sou homem de fugir da raia. Trato é trato. O que você quer ouvir?

– Ah, me surpreenda!

– Ok, vou cantar para a garota desastrada que veio de longe e virou tudo de ponta-cabeça aqui! – ele exclamou, e eu fiquei imaginando o que ele queria dizer com aquilo de fato.

E então ele começou a tocar "A Lack of Color", da banda Death Cab for Cutie, uma das minhas músicas preferidas deles. A letra, mais do que nunca, fazia todo o sentido para mim também. De uma forma ou de outra, parece que sempre estive do lado contrário de minha felicidade plena, e agora só ele conseguia fazer com que eu me sentisse normal, com os pés no chão. Eu me levantei e encostei na parede, para apreciar melhor de longe.

 And when I see you
I really see you upside down
But my brain knows better
It picks you up and turns you around
Turns you around, turns you around

(E quando te vejo
Na verdade te vejo de ponta-cabeça
Mas meu cérebro é mais esperto
Ele te pega e te desvira
Te desvira, te desvira)

Quando ele parou de cantar, ficamos os dois em silêncio, nos encarando. Percebi que aquela era a primeira vez que ficávamos a sós, de fato, em um lugar tranquilo e privado, desde que cheguei a Paris. Ele largou o violão de lado sem tirar os olhos de mim, levantou e veio em minha direção. Era como se nossos corpos tivessem uma espécie de magnetismo. Me segurou pela cintura e me abraçou contra a parede. Tudo à minha volta perdeu a importância instantaneamente.

Se você me pedisse agora, acho que eu não conseguiria descrever mais a decoração da sala, se havia quadros atrás de nós, qual era estilo dos móveis ou a cor da cortina. Mas se eu precisasse listar um milhão de motivos para nunca mais deixar aquele cara... eu os enumeraria sem precisar tomar fôlego. Os lábios dele eram tão macios que era praticamente impossível segurar minha vontade de usar os dentes. Seus beijos tinham gosto de chiclete de canela e, no intervalo entre eles, enquanto respirávamos forte, havia um esboço de sorriso, e eu nem precisava olhar para sua boca para perceber, porque o Henrique sorria com os olhos.

Com o máximo de carinho, ele tocava meu corpo de leve, como se não tivesse nenhuma pressa e soubesse exatamente o que fazer a seguir, e como se tivesse ensaiado por uma vida inteira com as pessoas erradas. Nos encaramos por alguns segundos, em silêncio, antes de ele me envolver com os braços e levar nossos corpos até o sofá.

Estávamos profundamente envolvidos em nossos beijos, de olhos fechados, quando um barulho muito alto e agudo, parecido com um alarme, tirou a gente do nosso transe particular. Tomamos um susto tão grande que nos largamos imediatamente e demos um salto para trás. Meu coração disparou, e levei alguns segundos até realmente entender: era o interfone.

Balde de água gelada era pouco para o que eu sentia naquele momento.

O Henrique deu um pulo até o aparelho, ainda ofegante com o baque, e atendeu sem pensar. Ele disse meia dúzia de palavras rápidas em francês, misturou algumas em inglês, parecendo bem atordoado, e fez cara de surpresa batendo com a mão espalmada no rosto, se lamentando, como se tivesse se esquecido de algo muito importante.

– Quem era? Aconteceu alguma coisa? – perguntei, totalmente deslocada e preocupada.

O Henrique se virou para mim, fez um gesto confuso, andou de um lado para o outro perguntando pelo seu celular. Quando encontrou, pegou o aparelho, olhou como se estivesse lendo mensagens e soltou um palavrão.

– Pelamor, Henrique, o que foi?

– Droga! Pus meu celular no "não perturbe" ontem à noite, esqueci de reativar e não vi que tinha um monte de mensagens e ligações perdidas do Brown. Ele está furioso porque estou "incomunicável". Um pessoal do programa marcou uma reunião de almoço pra gente aqui em Paris mesmo, hoje, agora, ao meio-dia e meia! E disseram que depois a gente teria um ensaio em um estúdio não sei bem onde. Ai, que horas são agora?? – O Henrique falava alto, indo de um lado para o outro, um tanto perdido e desnorteado.

– Mas quem era no interfone? O Brown? E "a gente" quem?

Antes que o Henrique pudesse me responder, a campainha tocou. Ele foi correndo até a porta e a abriu bruscamente; então vi surgir dali uma moça linda, loira e atraente, muito perfumada (senti o aroma de onde eu estava, assim que ela entrou!), que o abraçou carinhosamente, deu dois beijos em suas bochechas e saiu falando em francês. Apesar do rosto de mulher feita, parecia uma menininha frágil, pois era baixa, com traços delicados, e usava uma roupa que ajudava a acentuar essa impressão: saia de pregas, meia-calça de lã preta, coturno e, por baixo do casaco aberto, blusa com uma frase escrita em francês.

Quando me avistou, parecia tão surpresa quanto eu. Da parte dela, acho que não esperava encontrar alguém além do Henrique no apartamento. De minha parte, eu não achava que alguém como ela frequentasse a casa dele logo pela manhã. O Henrique parecia ainda mais perdido, e gaguejou antes de nos apresentar, acho que percebendo o nosso impasse, falando em inglês:

– Éééé... Esta aqui é a Anita, aquela amiga que veio do Brasil que eu te falei.

Eu nem sabia ainda quem ela era, mas aquilo me deixou meio nervosa e sem graça. "Amiga"? Bem... por enquanto não havia mesmo outro jeito de descrever nossa relação. Aquele era o começo de algo especial entre nós. No começo ninguém sabe como rotular, e, convenhamos, nem vale a pena mesmo fazer isso. O começo é bom demais para a gente perder tempo com essas coisas.

– Anita, esta é a Kate Adams, minha parceira, também agenciada pelo Brown. A Kate é aquela do vídeo que eu te enviei há um tempo, lembra? Ela é como uma irmã, e eu falei pra ela da gente. Ela... também vai participar do programa...

– Ele parecia constrangido, como se estivesse contando algo grave, que omitiu para mim não sei bem por quê. Não entendi por que ele não me contou logo de cara que ela iria participar, e preferi não deixar bobagens invadirem minha cabeça. Kate Adams! Sim, começava a me lembrar. Era a loira que aparecia nos vídeos do YouTube com o Henrique. Era bem diferente pessoalmente, mais baixa e menos exuberante. Mas eu achava que já a tinha visto também em outro lugar. Será que nas minhas viagens no tempo? Tinha a impressão de que não. Mas eu ainda estava processando as últimas palavras ditas pelo Henrique. Ele disse "a gente" se referindo a nós dois, e isso me deixou tão feliz que eu considerei que qualquer início de ciúmes em relação a ela era mesmo uma bobagem minha.

Nos cumprimentamos com dois beijos e ela foi bem simpática. E começou a acalmar o Henrique, que ainda estava meio zonzo, não sei bem se por causa do compromisso inesperado, pela situação inusitada ou por termos sido interrompidos em um momento tão intenso. Talvez uma combinação dos três.

– Henrique, pode ficar tranquilo, se acalme. Eu vim aqui porque o Brown estava muito estressado e ficou insistindo pra eu ajudar a te achar. O compromisso é importante e ele não te encontrava, mas eu tinha certeza de que você estava aqui e só não atendia ao celular. Mas pode respirar, temos tempo até o almoço! São 11h10 agora. Eu cheguei cedo para ter tempo de achar você, caso tivesse que continuar minha busca. Se sairmos ao meio-dia, de táxi, chegaremos com tempo de sobra! Relaxa! E já mandei mensagem pro Brown dizendo que você está aqui, são e salvo!

– Ah, que bom! Obrigado por me acalmar, eu estava mesmo surtando. Bom, vou tomar um copo d'água e respirar um pouco pra conseguir voltar ao normal.

Enquanto ele foi até a cozinha, puxei papo com a Kate, que me contou que era inglesa, morava em Londres, mas que seus pais viviam no interior da França, e ela tinha vindo visitá-los. A sensação de já tê-la visto antes ficou mais óbvia quando ela contou que, na adolescência, participou de um grupo que fez muito sucesso na Inglaterra nos anos 1990, o Simple Talks.

– Sabe, depois que o grupo terminou, eu precisava sobreviver como música. Fiquei batendo cabeça durante algum tempo, mas com a internet tudo mudou. Comecei a gravar versões de músicas populares e a publicar vídeos em meu canal do YouTube. Foi assim que eu e o Henrique nos tornamos amigos, primeiro no virtual e depois pessoalmente. Aí resolvemos gravar músicas juntos, um participando no canal do outro, e o público acabou gostando bastante da mistura de vozes e estilo. Por isso, a gente costuma se encontrar a cada duas semanas mais ou menos para gravar os vídeos. Às vezes, o Henrique pega o trem e vai para Londres, às vezes sou eu que venho pra cá. – Ela parecia mais agradável depois de me dar tantas explicações, mas me fez sentir que eu não sabia quase nada daquela parte da vida do Henrique.

O Henrique voltou a se sentar com a gente na sala. Parecia mesmo mais tranquilo e resolveu contar a ela sobre a ideia que eu tinha dado de gravar algo para divulgar a participação no programa.

– Que ideia ótima! Vamos fazer o vídeo já? Temos quase uma hora, e o quanto antes ficar pronto para divulgarmos, maior vai ser o alcance. Divulgando nas minhas redes sociais e nas do Henrique, muita gente vai saber! – ela sugeriu empolgada.

Vi também empolgação nos olhos do Henrique, que topou na hora e já começou a ajeitar a câmera e os instrumentos no estúdio da saleta. Nunca desejei tanto ter algum talento musical quanto nesse momento! Eu deveria ter aprendido quando era nova. Homens não resistem a garotas com um bom ritmo. Quem sabe assim eu pudesse participar mais da vida dele agora.

Depois de passar alguns minutos arranhando umas músicas, eles decidiram gravar "Anyone Else But You", da banda The Moldy Peaches. Fiquei espantada com a facilidade deles de tocar, gravar e gerar o vídeo para a internet. Parecia mesmo que eles tinham enorme familiaridade com a rotina. Acompanhei a gravação e até ajudei com os ajustes da câmera, oferecendo meus préstimos e conhecimentos de fotógrafa. Só que, enquanto eu olhava através do visor da câmera, me dei conta de algo arrebatador.

Os dois combinavam muito.

A Kate e o Henrique tinham uma sintonia, sabe? Que o corpo fala não é uma novidade, mas eles mostravam com uma linguagem silenciosa de gestos que se entendiam bastante. Era como se estivessem cantando e, ao mesmo tempo, se declarando um para o outro. Sei que existe toda essa coisa de performance, da emoção de cantar e de passar a mensagem para quem escuta, interpretando a música. Mas meu coração apertou dentro do peito, e me perguntei se o Henrique estava falando a verdade quando disse que a Kate era "como uma irmã".

Aquele era um território completamente novo para mim. Eu não sabia se estava e nem com quem estava competindo, mas, de qualquer maneira, ela já tinha uma vantagem inicial sobre mim: a de não ter a sombra de uma realidade que nem existe mais.

A gravação acabou, e o Henrique ainda estava usando o computador para fazer alguma coisa com o vídeo, quando a Kate alertou:

— Henrique, vamos ter que sair em cinco minutos, você está pronto?

— Sim, vou só pegar um casaco e minha carteira.

O Henrique foi vestindo o sobretudo e colocando a carteira no bolso enquanto nós três íamos em direção à porta. Eu já tinha pegado minhas coisas e fomos descendo pelo elevador angustiante. Já fora do prédio, enquanto a Kate chamava um táxi pelo aplicativo do celular, ele me puxou de lado, segurou meu rosto com as duas mãos e falou olhando fixamente para mim:

– Você me desculpa, Anita? Eu dispensaria qualquer coisa pra estar com você, mas você sabe como essa reunião e o ensaio são importantes. O programa vai acontecer em dois dias e a gente não pode perder essa oportunidade. Me perdoa? – Claro! Tá tudo bem, não tem nada pra perdoar. Eu sei que esse é seu sonho, sei como é importante pra você. Tranquilo, eu entendo – Gaguejei nas últimas sílabas.

– Mas você vai ficar bem? Olha, assim que terminar tudo, eu te ligo e a gente se encontra pra jantar junto, tá? Quero te levar em um restaurante incrível, chamado Le Procope, eu inclusive já fiz reserva lá pra gente hoje. É o restaurante mais antigo de Paris, existe desde 1686 e os revolucionários se encontravam lá. É um lugar ótimo para fotografar e melhor ainda para comer... – ele desatou a falar rápido, como se quisesse me compensar com algo.

– Henrique, relaxa, tudo certo. Eu vou aproveitar pra fotografar o que falta da lista. Não vou ficar sozinha e abandonada em Paris, tenho trabalho a fazer e não tenho tanto tempo assim. – Aquilo era verdade, mas em parte. Eu não estava achando tudo tão certo assim, porque, é claro, estava frustrada por não poder ficar com ele como tínhamos planejado. E por termos sido interrompidos justamente em um momento tão... bem, deixa pra lá.

A Kate se aproximou e, de um modo bem estranho, o Henrique me soltou na hora e se afastou um pouco de mim. O táxi chegou e ela veio se despedir, e foi até muito amável, dizendo que esperava me ver novamente em breve, com um abraço. E ofereceu carona.

– Anita, quer vir de carona com a gente? O táxi nos deixa no restaurante e depois leva você pro seu hotel ou onde você quiser.

– Não, tudo bem. Eu vou de metrô, é fácil, sério. – O tom da minha voz saiu bem desanimado.

– Tem certeza? – O Henrique perguntou enquanto a Kate entrava no carro.

– Sério, tá tudo bem! Não precisa me levar – eu disse sem conseguir encará-lo nos olhos. Ele ficou em silêncio, me olhando sem se mexer.

– Tá tudo bem mesmo? Não parece.

– Claro que sim. Mesmo – menti, com um sorriso apertado.

Ele assentiu, mas havia algo no ar, um certo incômodo que não nos permitia agir naturalmente, como antes de a Kate chegar. Kate. É, acho que meu incômodo tinha um nome. O dele eu já não saberia dizer.

– Bom, mas jantamos juntos, combinado? – confirmou ele, após me dar um beijo mais contido e mais rápido que os anteriores.

Meu desejo era de dizer "Sim, combinado! Estou fazendo contagem regressiva". Mas eu sentia uma vontade quase infantil de que ele percebesse que eu não estava gostando mesmo da situação. Queria ver até onde aquela versão do Henrique era sensível nessas questões.

– Pode ser. Nos falamos mais tarde – disse, bem evasiva.

Ele parecia querer dizer mais alguma coisa, mas a Kate o chamou, já estavam começando a ficar atrasados.

O Henrique entrou no táxi, jogou um beijo com a mão em minha direção e deu adeus, de longe. Vi o carro se afastar rapidamente.

Não sei se era coisa da minha cabeça, se eu estava delirando, mas eu tive a impressão de que aquela despedida era mesmo um "adeus", e não um "até breve". Vai ver era só coisa da minha cabeça, como sempre.

***

Depois que o táxi virou a esquina, me senti completamente sozinha em Paris, como se todas as minhas referências tivessem sido retiradas, e, claro, triste. Mas não me deixei abater, porque eu tinha um motivo, antes de tudo, para estar naquela cidade, além do Henrique: trabalho. E era o que me restava fazer, ainda bem, pois foi o que me salvou da tristeza. E quer saber? Na verdade, não há jeito melhor de curar esse sentimento, ou de pelo menos anestesiá-lo, no meu caso. Fazer algo que você gosta é um excelente primeiro passo, e eu adorava fotografar, adorava meu trabalho. Eu estava em uma cidade linda, em um ambiente diferente e tinha um monte de coisas novas para conhecer.

Cheguei no meu celular o e-mail com a lista que o Joel tinha me passado e vi que havia um pedido para fotografar alguns pratos de um restaurante próximo à Torre Eiffel, chamado Brasserie Thoumieux. Resolvi unir o útil ao agradável e almoçar lá também. Depois poderia subir na Torre e fazer as fotos que eu precisava, lá de cima. Segui para a estação, peguei ao linha de metrô que me deixava lá perto e cheguei ao restaurante.

A Brasserie Thoumieux era muito acolhedora. Havia enormes espelhos com detalhes dourados na parede, sofás de veludo vermelho, mesas quadradas de madeira escura, lustres e abajures verdes. De lá dava para avistar a Torre. A vista era bastante disputada, mas não por turistas. Apesar de badalado e movimentado, aquele restaurante era um ponto de encontro de moradores da cidade, e tive uma experiência diferente.

Quase não vi estrangeiros por lá, o que me deixou um pouco insegura com o inglês, mas o garçom foi muito simpático e prestativo quando eu disse que estava ali para fotografar os pratos. Ele também perguntou de onde eu era e, quando respondi, ele sorriu e declarou que um dia ainda iria conhecer o meu país e se casar com uma brasileira. Segundo ele, nós somos mais simpáticas, bonitas e carinhosas. Senti minhas bochechas ficarem vermelhas, mas tomei como um elogio (e não uma cantada). Normalmente, os europeus são mais formais e me lembrei de algo que o Henrique me disse uma vez e que nunca esqueci: na Europa as pessoas não costumam se meter na sua vida, nem para o bem, nem para o mal. E é ótimo mesmo não ter que ouvir aquelas coisas "terríveis" que as mulheres geralmente ouvem nas ruas.

Depois de almoçar e fotografar tudo o que pude, senti que a tristeza continuava dentro de mim, claro, mas de um jeito mais superficial. Eu ainda conseguia sorrir e me sentir empolgada com o trabalho. Não que eu não tivesse mais medo de perder o Henrique. Eu tinha. Era assustador pensar que não fiz parte de grandes acontecimentos da vida dele, principalmente porque todas as minhas lembranças simplesmente não eram mais reais. Era aterrorizante a hipótese de ser apagada da memória das pessoas que eu mais amava. Há vantagens em se ter uma segunda chance, mas a verdade é que nada acontece do mesmo jeito duas vezes.

O Henrique não se lembrará nunca de quando largamos tudo e pegamos o ônibus para o Rio de Janeiro com os trocados que nossos pais nos deram para passar todo o mês em Juiz de Fora. Fizemos isso porque não estávamos preparados para a segunda-feira e a semana de provas que estava por vir. Ele não se lembrará do homem que estava no banco da frente e que roncou a viagem toda. Nós o apelidamos carinhosamente de Senhor Barriga e gargalhamos sem conseguir parar, enquanto todos nos olhavam. Depois dividimos o fone de ouvido e colocamos no máximo o volume do meu velho discman surrado. E como nós ouvíamos músicas ridículas naquela época!

Essa versão famosa e bem-sucedida do Henrique também não se lembrará da primeira vez em que fiquei muito bêbada. Na ocasião, eu só queria provar para um carinha qualquer da faculdade o quanto eu não me importava com o fato de ele estar beijando outra garota na minha frente, mas a única coisa de que me recordo é do Henrique segurando meu cabelo para ele não cair dentro da privada e se misturar com toda a vodca e o energético que meu corpo não conseguiu suportar. Ele não parava de rir, mas não saiu de perto nem por um instante. Nunca mais tocamos no assunto, porque eu tinha muita vergonha. E depois disso, sempre que eu pegava uma bebida ele me olhava com aquela cara de "ah, agora você sabe quando parar, né?".

Essa era a parte incômoda de estar ao lado dele mais uma vez. Nós ainda não nos entendíamos só com o olhar, mas eu tentava dispersar aqueles pensamentos e dar o meu melhor para que aquela nova versão dele gostasse tanto de mim quanto a outra.

**

Saí do restaurante e fui até a Torre Eiffel. No caminho, fiz muitas fotos. Era impressionante como um monumento tão grande, de ferro, podia ser tão elegante e fotogênico e combinar tanto com a cidade. Ao chegar bem embaixo dela, atravessando todo o Campo de Marte, resolvi encarar a enorme fila para subir. Eu estava lá para isso mesmo, afinal. Além do mais, o Henrique deveria estar ocupado àquela hora, não era como se eu pudesse estar com ele.

Depois de uma hora e dez de espera, finalmente consegui subir. E se no primeiro nível da Torre eu já estava experimentando uma das visões mais lindas de toda a minha vida, fiquei ainda mais encantada com a cidade ao vê-la do topo daquele marco. Ao meu lado, algumas dezenas de visitantes tagarelavam em uma profusão de línguas que eu não compreendia, mas resolvi me desligar de tudo e fiz muitas fotos incríveis. Joel não tinha me pedido nenhuma foto panorâmica especificamente, mas eu não consegui resistir ao ver os quatro cantos de Paris ali, esperando para serem capturados por minha lente. Tudo tão plano, tão retinho, tão organizado e bonito!

Eu estava tão absorta diante da cidade em miniatura lá embaixo, e com o vento levantando meus cabelos, que demorei a perceber meu celular vibrando. Era o Henrique.

– Alô?

– Anita?

O tom de voz dele era animado. Eu também fiquei, lógico. A pequena ponta de mágoa que eu estava guardando estava prestes a desaparecer, mas mantive a compostura com um mero:

– Tudo bem?

– Tudo! Nossa, que barulheira! Não estou te ouvindo direito... – É que eu estou na Torre Eiffel! Muito vento, você sabe... Mas e aí, que horas a gente vai se encontrar pra jantar?

– Então, foi por isso que liguei, para contar uma notícia boa e outra ruim. Qual você quer ouvir primeiro?

Senti um ligeiro aperto no estômago.

– A ruim, vai. Aí você termina com a boa.

– Certo. A ruim é que nosso jantar vai precisar ficar para outro dia.

Por que será que ele não pareceu nem um pouco triste com aquilo? E quando é que esse jantar aconteceria, já que no dia seguinte ele teria o programa, e no outro eu já estaria indo embora?

– Entendo. E a boa?

– A Kate e eu vamos precisar ir agora mesmo para Londres, porque o Brown conseguiu um jantar lá pra gente, com um produtor, hoje a noite! E nosso ensaio vai ser amanhã de manhã, lá mesmo no local do programa.

Sério que a boa notícia dele começava com "A Kate e eu"? Fiz uma pausa contemplativa, talvez grande demais para alguém que deveria se mostrar superfeliz.

– Isso é... maravilhoso, Henrique... Que bom, né? – eu disse com dificuldade, forçando o entusiasmo. E estava me sentindo péssima por não conseguir comemorar decentemente uma conquista tão importante para ele. – Mas você vai ficar direto em Londres então? E eu vou embora sábado, você sabe...

– Já pensei em tudo! – ele falou, quase se atropelando nas próprias palavras. – Pedi para o Brown já comprar minha

71

passagem de trem no primeiro horário do sábado, bem cedo. Eu chego aí antes do almoço, e a gente fica junto até você embarcar.

Ah, que bom... Eu teria só mais umas poucas horas com o Henrique, e não mais dois dias, como imaginava. Esse era o tipo de assunto com notícia boa ou ruim para ele? *Anita, gosto muito de você, e não vou poder ir mais para o Brasil agora porque eu apareci no The Music. Você aceita ficar por aqui, ou prefere sair do meu caminho e me deixar ser feliz com minhas conquistas?*

Menos, Anita. Menos!

– Ok – me limitei a dizer.

– Ótimo! Olha, se você quiser, eu ainda não desmarquei a reserva do Le Procope. Por que você não aproveita e janta lá mesmo sem mim?

– Ah, talvez... – Não acreditei. Isso lá era coisa que se oferecesse como prêmio de consolação?

– E não esquece de nos assistir amanhã à noite, tá?!

– Hahaha. – Aquela foi a risada mais sem graça e insegura da minha vida. – Pode deixar...

Nos despedimos: ele verdadeiramente eufórico, e eu fingindo uma empolgação inexistente e já bastante irritada. Aquela quinta-feira iria mesmo se tornar inesquecível, mas não pelo motivo que eu queria.

4

O coração sabe todas as respostas.
O problema é que eu não sei se
tenho feito as perguntas certas.

Não acordei tão disposta quanto deveria no meu penúltimo dia de viagem. Isso tinha que ser proibido de acontecer quando a gente está em Paris, com toda uma cidade linda lá fora, implorando para ser explorada e fotografada. A primeira coisa que fiz antes de sair de debaixo do edredom foi olhar para o celular. Mas não havia nada. Nenhuma mensagem do Henrique... Rapidamente, olhei para a mesinha do quarto e vi as flores que ele havia me dado, e não sei se aquilo me deixou mais feliz ou mais triste, por lembrar que eu não o veria naquele dia, apesar de estar lá, na cidade dele, tão perto dele e tão longe da minha casa.

Tentei acalmar minha frustração me consolando ao lembrar que pelo menos eu o veria pela televisão, naquela noite, em uma ocasião tão fantástica para ele, e que no dia seguinte pelo menos poderia sentir seu calor mais uma vez. Assim, um pouco mais motivada, resolvi me aprontar para a primeira refeição do dia e para uma agenda intensa de trabalho.

Depois de comer bem pouco, pois meu apetite resolveu fazer greve (talvez para compensar o dia anterior), e me arrumar sem tanto entusiasmo (já que ninguém relevante iria me ver mesmo), abri meu e-mail pelo celular, olhei mais uma vez para a lista do Joel e tive a ideia de pegar aquele ônibus que para em todos os pontos turísticos da cidade, para percorrer o que faltava.

Quando saí do hotel, vi que o céu estava um pouco nublado naquela manhã. Nada do sol milagroso dos dias anteriores. Ah, que ironia! Dia com o Henrique: sol. Dia sem o Henrique: nublado. Fui de metrô até a Champs-Élysées, a famosa avenida de Paris que sai do Arco do Triunfo, e entrei em um posto de turismo para me informar sobre o tal ônibus. A rua enfeitada para o Natal, que seria dali a uma semana, estava muito bonita (depois vi que à noite milhares de luzinhas se acendiam nas árvores que margeiam toda a avenida. Não deixei de fotografar, claro!).

No posto de turismo descobri que o ônibus passava lá mesmo e que o tour demorava cerca de duas horas. Eu poderia subir e descer em qualquer atração, pegar o próximo ônibus e continuar o itinerário. Enquanto o ônibus não chegava, peguei meu mapa da cidade com a localização dos pontos turísticos e marquei o que ainda faltava fotografar.

Além de percorrer toda a Champs-Élysées, o itinerário passava pelo Arco do Triunfo, Trocadero, Torre Eiffel, Esplanade des Invalides, Ópera de Paris, Museu do Louvre, Catedral de Notre Dame, bairro de Saint-Michel, Museu d'Orsay, Praça da Concórdia, Bastilha, bairro do Marais e Place des Vosges. Era perfeito para o que eu precisava!

Subi no ônibus, comecei a bater as fotos e tive de novo a sensação do quanto aquilo era gratificante para mim. Como eu adorava aquele trabalho! Todas as minhas tristezas pareceram desaparecer e eu mergulhei em algo intenso e gostoso. Esta é a vantagem de trabalhar com o que nos dá prazer: quando todo o resto não funciona, pelo menos profissionalmente você ainda consegue se sentir útil. Algo te dá força pra seguir. Minha vida teria sido bem diferente se eu tivesse feito as escolhas certas e trabalhado desde sempre com algo de que realmente gosto.

Depois de percorrer a primeira parte do trajeto, e de mais de duas horas fotografando, estava morrendo de fome e parei para comer em um restaurante perto do Museu do Louvre. Para minha surpresa, tinha wi-fi, e funcionava!

Configurei a conexão e a primeira coisa que fiz quando consegui acesso à internet foi uma checagem desesperada nas redes sociais e no meu e-mail. Infelizmente, não tinha nenhuma mensagem do Henrique. Um pensamento me ocorreu: será que a Kate e ele haviam ficado no mesmo quarto de hotel? Balancei a cabeça, evitando pensar besteira, e no mesmo segundo uma mensagem do Joel pulou na tela do meu celular.

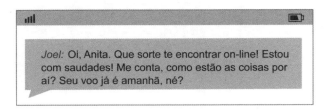

Joel: Oi, Anita. Que sorte te encontrar on-line! Estou com saudades! Me conta, como estão as coisas por aí? Seu voo já é amanhã, né?

Escrevi e reescrevi a mensagem várias vezes antes de enviar.

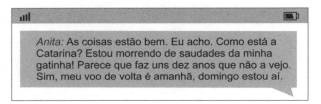

Anita: As coisas estão bem. Eu acho. Como está a Catarina? Estou morrendo de saudades da minha gatinha! Parece que faz uns dez anos que não a vejo. Sim, meu voo de volta é amanhã, domingo estou aí.

Ri mentalmente quando escrevi aquilo. Se eu estivesse levando em consideração a última viagem no tempo, fazia até mais que isso.

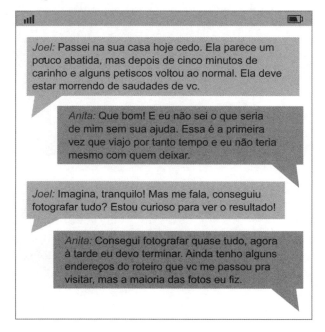

Joel: Passei na sua casa hoje cedo. Ela parece um pouco abatida, mas depois de cinco minutos de carinho e alguns petiscos voltou ao normal. Ela deve estar morrendo de saudades de vc.

Anita: Que bom! E eu não sei o que seria de mim sem sua ajuda. Essa é a primeira vez que viajo por tanto tempo e eu não teria mesmo com quem deixar.

Joel: Imagina, tranquilo! Mas me fala, conseguiu fotografar tudo? Estou curioso para ver o resultado!

Anita: Consegui fotografar quase tudo, agora à tarde eu devo terminar. Ainda tenho alguns endereços do roteiro que vc me passou pra visitar, mas a maioria das fotos eu fiz.

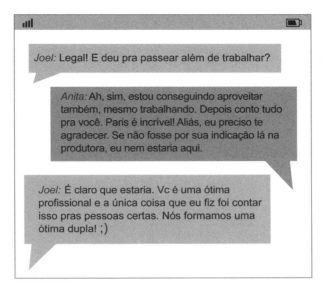

Joel: Legal! E deu pra passear além de trabalhar?

Anita: Ah, sim, estou conseguindo aproveitar também, mesmo trabalhando. Depois conto tudo pra você. Paris é incrível! Aliás, eu preciso te agradecer. Se não fosse por sua indicação lá na produtora, eu nem estaria aqui.

Joel: É claro que estaria. Vc é uma ótima profissional e a única coisa que eu fiz foi contar isso pras pessoas certas. Nós formamos uma ótima dupla! ;)

Tive que ler a última frase umas três vezes para acreditar que ele realmente havia escrito e enviado aquilo. Ótima dupla? *DUPLA, como o Henrique e a Kate?* Balancei a cabeça e pensei: *Em algum lugar do mundo, neste exato momento, alguém deve estar rindo muito da minha cara.*

Pode ter sido coincidência ou, sei lá, ele poderia estar somente sendo agradável... Mas o Joel era sempre tão bom e legal comigo, tão companheiro, sempre que eu estava me sentindo mal ou tinha algum problema, ele aparecia para me ajudar. E eu não consegui deixar de imaginar como as coisas seriam mais simples se eu me apaixonasse por ele em vez do Henrique. Mas "simples" tem a mania de ser sempre o oposto de todas as coisas que eu quero. Por outro lado, talvez eu só estivesse pensando nessas coisas com relação ao Joel para tirar o foco do que estava me magoando: o Henrique estar longe, cuidando de realizar seus sonhos. Eu não era e nem seria, pelo jeito, prioridade na vida dele. E se ele tivesse que escolher entre estar comigo ou cuidar da profissão, para mim era óbvia qual seria sua escolha.

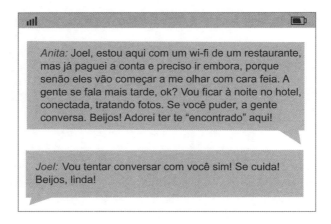

Anita: Joel, estou aqui com um wi-fi de um restaurante, mas já paguei a conta e preciso ir embora, porque senão eles vão começar a me olhar com cara feia. A gente se fala mais tarde, ok? Vou ficar à noite no hotel, conectada, tratando fotos. Se você puder, a gente conversa. Beijos! Adorei ter te "encontrado" aqui!

Joel: Vou tentar conversar com você sim! Se cuida! Beijos, linda!

Aquele "linda" me soou tão carinhoso que eu amoleci. E pensei: *Anita, para de ser carente! O Joel sempre foi assim, isso não é nada demais.*

Deixei as maquinações da minha cabeça de lado e fui terminar de fazer o circuito com o ônibus e fotografar o que faltava. Ainda tive tempo de ir depois ao rio Sena, durante o pôr do sol, pegar uma daquelas embarcações turísticas de convés aberto, o *Bateau-Mouche*. Flagrei as luzes de Paris se acendendo e refletindo na água, e acho que foi ali que fiz minhas melhores fotos. Tudo ficou muito bonito.

Peguei o metrô para voltar ao hotel e me senti estranha. Não podia dizer que estava me sentindo sozinha, até porque havia mais umas cem pessoas comigo ali. Mas talvez a solidão seja mais intensa quando nos pegamos assim no meio de uma multidão.

Fui me dando conta de que talvez eu não me encaixasse tão bem naquela história, porque certas coisas precisariam ter sido resolvidas antes. Eu estava, no fundo, chateada com o Henrique por ele não estar comigo e precisar priorizar sua carreira, mas fiquei pensando, me colocando no lugar dele, e me perguntando: *Se alguém pudesse realizar o meu maior sonho neste exato momento, eu faria as perguntas certas para as pessoas que estão por perto?* Talvez não.

Não dava para dizer para o Henrique: "Ei, desista dos seus sonhos, volte pra casa, quero ficar com você o máximo possível". Na verdade, eu não queria nem dizer aquilo nem pensar naquilo, porque eu já tinha estragado a vida de muitas pessoas que eu amo, e não faria isso com o Henrique também. Eu nunca fui muito ciumenta. É óbvio que nos meus outros relacionamentos, mesmo que "não oficiais" ou sérios, eu já havia experimentado a sensação de alguém estar tomando meu lugar, mas em todas essas outras vezes eu pude fazer alguma coisa para reverter a situação. Tinha uma espécie de disputa justa rolando ou, em alguns casos, eu simplesmente decidia ignorar porque tinha alguma possibilidade de eu ser mais interessante do que uma mera possibilidade. Não era isso que estava acontecendo daquela vez.

***

Depois de um banho rápido e de um lanche feito perto do hotel, eu já estava debaixo das cobertas de frente para a televisão. Havia chegado o grande momento do Henrique. Eu estava tão ansiosa para o programa que até tinha esquecido toda e qualquer mágoa. Só queria vê-lo brilhar, conseguir o que era seu por direito. Peguei guloseimas no frigobar do hotel sem nem me importar com o preço.

O programa começou no horário previsto, e por um instante eu senti vontade de estar lá, em Londres, junto com ele. Mas minha vida real não permitia, muito menos minha conta bancária, então eu tinha que me contentar com a televisão mesmo.

O apresentador iniciou fazendo uma ou duas piadas, como de praxe, e mostrou os convidados do primeiro bloco. Bateu um orgulho enorme ao ver o Henrique sentadinho em um banco alto no palco, segurando seu violão e pronto para realizar seu sonho. O apresentador então anunciou: "Hoje, no The Music, teremos o casal que faz sucesso na internet gravando versões incríveis de músicas que todo mundo ama!".

Ele falou em inglês, e a palavra que eu ouvi mais claramente foi *couple*. Meu coração quase saiu pela boca, mas tentei me agarrar ao fato de que o termo *couple*, ou seja, casal, em inglês, também pode significar o conjunto de um homem e uma mulher, ou seja, parceiros. Eles trabalhavam juntos, e é claro que eram parceiros. Aquilo não tinha necessariamente conotação amorosa. Eu acho. Continuei assistindo e até aumentei o volume para ouvir melhor o que era falado. Apesar de absolutamente charmoso, às vezes era um pouco difícil para mim entender o sotaque britânico. Antes de a entrevista começar, os dois cantaram a música "The Last Time", da Taylor Swift com o cantor Gary Lightbody, e logo depois se sentaram ao lado do apresentador, que os cumprimentou e já começou com as perguntas.

Apresentador: Que ótima apresentação! Eu adorei, e tenho certeza que o público amou também. Me contem então: vocês se conheceram na internet?

Henrique: Sim. Nós gravávamos vídeos em nossos canais no YouTube e resolvemos fazer uma parceria. A Kate é muito talentosa e tem uma ótima voz, que combina perfeitamente com algumas músicas, como essa que cantamos hoje.

Kate: A parte legal é que temos públicos diferentes, pois normalmente gravamos estilos diferentes de música, então acabamos ganhando o público um do outro. Além do mais, é bem divertido!

Apresentador: Com tantas visualizações on-line, imagino que as pessoas já reconheçam vocês na rua. Isso é um problema pra você, Henrique? A Kate já deve estar acostumada, imagino...

Henrique: Tudo isso é novo pra mim. Começou como uma brincadeira e, no fundo, ainda é. É legal saber que seu hobby torna a vida das pessoas mais feliz a ponto de elas quererem se aproximar, conversar ou tirar uma foto.

Kate: Quando eu saí do Simple Talks, minha relação com o público foi bem complicada, principalmente porque envolvia o término do meu relacionamento com um dos integrantes da banda. As pessoas não queriam saber do meu trabalho, do motivo que me fez sair. Elas simplesmente falaram que eu joguei tudo para o alto...

Apresentador: Mas o que fez você sair, afinal?

Kate: Foram muitas coisas. Estar num grupo como o Simple Talks, nos anos 90, era muito menos glamoroso do que aparentava. Era cansativo, e eu era muito nova pra saber como lidar com tanta cobrança.

Apresentador: Mas a decisão foi sua?

Kate: Foi. Eu adoro o que faço, meu trabalho sempre me completou, mas continuar ali estava me matando por dentro. Eu tinha que abrir mão de coisas demais. Coloquei na balança e vi que não fazia sentido me sacrificar tanto assim.

Henrique: Acho que esse tipo de coisa acontece o tempo todo na nossa vida. Só que em proporções diferentes. A Kate estava muito exposta e não conseguiu lidar com aquilo tudo. Era nova, inocente e inexperiente. Todo mundo faz isso uma vez na vida. A diferença é que as pessoas não ficam nos lembrando disso o tempo todo. Quando você está na mídia, não dá pra ter o controle.

Apresentador: Uhhhh, vejo que você encontrou alguém pra te defender, senhorita. E está certíssima. Nunca é tarde para namorar o cantor do momento.

Em meio a risadas da plateia, dava para ver o incômodo no olhar do Henrique, mas naquele instante a câmera enquadrou apenas o apresentador, que se despediu da dupla e chamou os comerciais, dizendo que o programa e o segundo bloco, com outros convidados, voltaria em instantes. Eu mal podia acreditar no que tinha acabado de acontecer. Se aquelas pessoas fossem desconhecidas, eu diria que foi tudo armado e mudaria de canal, mas o entrevistado era o Henrique. O *meu* Henrique. Passei a odiar o apresentador naquele instante.

Tentei ligar para o Henrique umas mil vezes, mas o celular dele estava desligado ou fora de área, caía sempre na caixa postal. Eu não fazia ideia do que estava ocorrendo, e o programa apenas continuou como se nada tivesse acontecido. Foram algumas das horas mais agonizantes que passei na minha vida.

Decidi deixar mensagens na caixa postal. Queria saber se o Henrique estava muito triste, pois o foco da entrevista foi outro. Ele provavelmente não conseguiu o que tanto queria: divulgar seu trabalho. Foi tudo muito rápido, e falaram mais sobre o passado da Kate do que de qualquer outra coisa. Depois de caminhar de um lado para o outro no quarto, muito angustiada, resolvi ligar o notebook e checar as redes sociais. Acessei os perfis da Kate e do Henrique para ver se algum deles havia feito qualquer atualização, mas os últimos posts eram de antes do começo do programa.

Fiz uma busca para saber o que as pessoas estavam comentando sobre o programa e descobri o pior: o ex-namorado da Kate, o sempre polêmico guitarrista Harry Coxx, havia assistido à entrevista e comentado um monte de barbaridades internet afora. Coisas como: "Aquela c*del* só sabe contar mentiras. É como todas as mulheres que conheci na vida. Tenho pena do cantorzinho!". É óbvio que o post dele foi instantaneamente compartilhado por milhares de pessoas e sites de fofocas. Especulações começaram a surgir de todos os cantos. As pessoas na internet adoram um polêmica e, infelizmente, aquele foi o assunto do dia.

@love55girlT

Será mesmo que Harry traiu Kate com alguma das integrantes das Spice Girls? Depois dessa... Salve-se quem puder, os anos 90 voltaram.

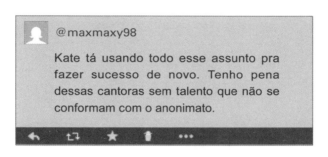

@maxmaxy98

Kate tá usando todo esse assunto pra fazer sucesso de novo. Tenho pena dessas cantoras sem talento que não se conformam com o anonimato.

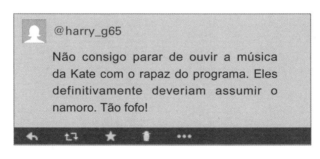

@harry_g65

Não consigo parar de ouvir a música da Kate com o rapaz do programa. Eles definitivamente deveriam assumir o namoro. Tão fofo!

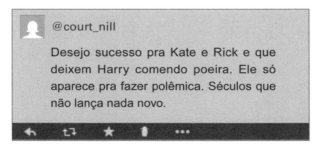

@court_nill

Desejo sucesso pra Kate e Rick e que deixem Harry comendo poeira. Ele só aparece pra fazer polêmica. Séculos que não lança nada novo.

@bugatt_by

Querido Harry, claramente você não esqueceu da Kate. Supera. Aceita que dói menos. Com amor, uma ex-fã.

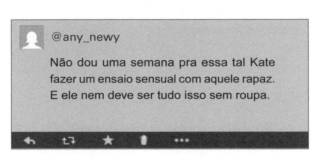

@any_newy

Não dou uma semana pra essa tal Kate fazer um ensaio sensual com aquele rapaz. E ele nem deve ser tudo isso sem roupa.

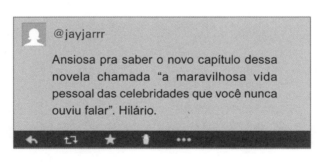

@jayjarrr

Ansiosa pra saber o novo capítulo dessa novela chamada "a maravilhosa vida pessoal das celebridades que você nunca ouviu falar". Hilário.

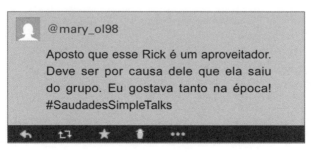

@mary_ol98

Aposto que esse Rick é um aproveitador. Deve ser por causa dele que ela saiu do grupo. Eu gostava tanto na época! #SaudadesSimpleTalks

Eu queria responder para cada uma daquelas pessoas com um monte de palavrões e verdades. Por que elas precisavam opinar sobre a vida alheia de um jeito tão agressivo e debochado? Era justamente por isso que eu nunca tive muita paciência para redes sociais. As pessoas têm sempre algo a dizer, mesmo sem ter ideia do que estão escrevendo, tudo para chamar atenção, gastar tempo e tirar o foco de uma verdade tão óbvia: é melhor apontar para o outro do que se olhar no espelho e enxergar o que não está no lugar. Eu estava apertando o F5 do teclado freneticamente para ver as atualizações quando o celular vibrou ao meu lado na cama. Era uma mensagem do Henrique. Voei para ver.

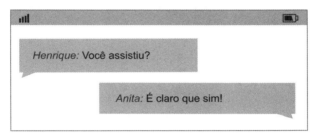

Vi que ele digitou e apagou algumas vezes. Em seguida, o telefone começou a vibrar na minha mão. Era ele. Mal atendi e ele já foi falando.

– Eu não sei por que aquele babaca levou a entrevista praquele lado. O foco do programa não é a música?

– Ah, Henrique, pelo jeito barraco dá audiência em qualquer país do mundo.

– E sabe o que é mais bizarro? O Brown ficou feliz com a entrevista. Segundo ele, o telefone não para de tocar. Surgiram novas entrevistas e até algumas gravadoras se manifestaram.

– Mas essa é uma ótima notícia, não? – eu perguntei, bem incerta.

– É – ele disse baixinho. Em seguida, deixou escapar um suspiro. – O Brown me falou algo sobre exigências contratuais. Querem que eu grave com a Kate, e que nós nos apresentemos como uma dupla, entende?

– É porque essa história vai vender... Só falam disso na internet. Bom, mas amanhã a gente pode conversar com calma e você me conta os detalhes sobre os bastidores! Pensei em almoçarmos no Le Procope, já que acabei não conseguin...

Mas ele me interrompeu aumentando o tom de voz:

– Anita.

– Sim?

Ele não respondeu de pronto. Nessa hora, alguém começou a falar ao lado e eu ouvi no fundo da ligação. Estavam chamando pelo Henrique. Ele respondeu algo em inglês, e então voltou a falar comigo.

– O que foi? – insisti, com um mau pressentimento.

– Eu sinto muito em ter que te dizer isso, mas eu não vou mais conseguir ir para Paris amanhã de manhã.

Todo o ar foi expulso de meus pulmões. Acho que bem lá no fundo, eu sabia que aquela história não daria certo.

– Mas como assim? Não vai poder vir? Eu vou embora amanhã à noite, você sabe, e nós nem...

Ele me interrompeu.

– É que o Brown está muito entusiasmado, nós estamos prestes a fechar um contrato com uma gravadora, tem um evento agora que a gente vai precisar ir, e ele disse que precisamos aproveitar. Eles querem que eu fique aqui em Londres por mais alguns dias, porque a repercussão está grande e já vamos começar a produzir ainda esta semana.

– Mas você não pode vir nem só amanhã para a gente se despedir, pelo menos? – quis saber, desesperada por alguma luz no fim do túnel.

– Era o que eu tinha planejado fazer, Anita, mas aparentemente eu não tomo mais as decisões por aqui. As coisas tomaram uma proporção grande. Discuti com Brown agora há pouco e ele disse que, se eu for, corremos o risco se não assinarmos já o contrato, pois as gravadoras podem achar que eu sou um cara mimado...

Fiquei em silêncio. Tanta espera, tanta confusão... E lá estava eu novamente perdendo o Henrique. Ao notar meu longo silêncio, ele continuou a falar.

– Anita, eu não estava brincando quando disse tudo aquilo. Eu nunca senti por outra garota o que eu sinto por você. Nós temos algo especial, e esses dias que passamos juntos foram mágicos e fizeram mudar tudo pra mim. Sei que as coisas estão complicadas, tudo aconteceu rápido demais e ao mesmo tempo, mas eu quero que você fique comigo! Você poderia morar em Paris! Por que não fica aqui na Europa ou volta logo pra cá? A gente pode fazer tudo junto...

Deixei mais um longo silêncio encobrir sua voz, e surpreendentemente pensei em mim por um instante. Eu havia acabado de conseguir o emprego dos meus sonhos como fotógrafa e estava começando a fazer um trabalho incrível, com um futuro promissor pela frente. Pela primeira vez na vida, estava feliz de fazer o que eu gostava e tinha uma oportunidade de ouro nas mãos, um trabalho que havia caído dos céus diretamente nos meus braços. Eu não precisaria mais trabalhar com algo que me limitasse, que me fizesse infeliz, e podia construir um nome e uma carreira sólida. Eu não podia jogar aquilo para o alto. Então, falei de uma vez:

– Eu não posso simplesmente largar tudo e ficar aqui.

– Eu sei, Anita. Mas eu estou largando tudo por esta oportunidade. Liguei para o meu chefe na escola de música, agora há pouco, e pedi demissão. É uma droga abandonar desse jeito meus alunos, mas eu sempre esperei por uma chance assim. Você entende?

Respirei profundamente.

– Eu entendo. Eu entendo mesmo, só não sei se gosto e concordo. – Meu tom de voz era sério e grave.

– Você precisa acreditar em mim. – A voz do Henrique era trêmula, e eu não conseguia identificar se era impaciência, insegurança ou medo. Novamente, as palavras vinham rápidas, como em uma enxurrada: – Tudo isso é só uma fase. E eu tenho certeza do que sinto, mesmo sendo tudo tão recente! Eu garanto que vou cuidar de tudo para que depois as coisas entre nós funcionem. – Sua insistência era quase uma súplica.

– Depois? Depois do quê? – me vi perguntando, surpresa.

– É – ele respondeu, parecendo vago. – Você sabe, depois que as pessoas conhecerem melhor o meu trabalho. Preciso dar duro agora para ter tranquilidade com você logo mais, entende? Eu preciso que você tenha paciência e espere eu realizar esse meu sonho...

Ouvir aquilo doeu. Será que ele nem imaginava tudo o que eu tinha passado para reencontrá-lo? Será que ele tinha ideia do que havia acontecido em minha vida para eu conseguir estar lá com ele? Ele só estava pensando nele, e ele queria que eu abrisse mão dos meus sonhos, da minha vida, para ele ter os sonhos e a vida dele!? Me senti injustiçada.

– Eu realmente não acredito que estarei aqui para ver isso de perto.

Desliguei o telefone de forma brusca, por pouco não atirei o celular longe. Uma lágrima escorreu pelo meu rosto, a primeira de muitas. Definitivamente, é horrível perceber que não somos a coisa mais importante na vida de quem é a coisa mais importante na nossa vida. Eu não acredito que a minha primeira versão do Henrique teria dito alguma coisa desse tipo, falando para que eu largasse tudo de minha vida para ficar definitivamente em Paris, esperando a vida complicada dele se ajeitar.

Depois de muito chorar, fiquei quieta. Respirei fundo várias vezes, enxuguei as lágrimas e, por um breve momento, consegui ver a situação por uma perspectiva mais ampla.

Me perguntei, então, se eu não estava esperando exatamente o mesmo dele, querendo que ele voltasse para o Brasil comigo.

Sim, eu estava fazendo com ele a mesma coisa que ele estava fazendo comigo.

Ele não fez nada de errado. Ele estava correndo atrás de seus sonhos, assim como eu.

A diferença é que naquele presente maluco, eu não fazia parte exclusiva dos sonhos do Henrique, mas ele, sim, era prioridade para a minha felicidade. Eu havia imposto aquilo a mim mesma.

Aparentemente, estávamos ambos em uma encruzilhada, e em lados opostos: ele teria que abrir mão do amor se quisesse ficar com seus sonhos e eu teria que abrir mão dos meus sonhos se quisesse ficar com meu amor.

Mais uma vez, por um motivo totalmente inusitado, a minha vida e a do Henrique não estavam prontas para ser compartilhadas. Nós dois sabíamos que éramos perfeitos um para o outro, mas, por mais que a gente quisesse, aparentemente nossos tempos não combinavam naquele instante, porque não estávamos prontos para abrir mão de nada.

Ao constatar aquilo, senti um soco no estômago e um aperto no coração.

Perdi a vontade de estar ali. Queria ir embora naquele momento.

Que graça teria Paris agora se não era para estar nela com o Henrique?

5

Todo mundo adora falar sobre as coisas que a gente conquistou, mas só nós mesmos sabemos do que fomos obrigados a abrir mão para conseguir.

Meu último dia em Paris começou com meu coração apertado. Quando acordei, a sensação de angústia não sumiu, como acontece quando despertamos de um sonho ruim, mas estava lá, como a dor de um machucado que fica latejando. O quarto estava silencioso, mas de tempos em tempos eu escutava passos no corredor. Ouvia também, diante da porta do meu quarto, do lado de fora, pessoas que passavam dando risadas, discutindo, conversando; até choro de criança fazendo pirraça às vezes eu escutava. E, em alguns segundos, o som desaparecia. Eu já havia me acostumado com aquele sentimento de estar completamente sozinha e ver a vida das pessoas ao meu redor passar por mim como se estivessem contando uma história. No fundo, sempre fui espectadora da vida dos outros, nunca a personagem principal da minha própria novela.

Naquele momento, o que eu mais queria mesmo era poder abraçar meu pai e ouvir seus conselhos e histórias. Comecei a me lembrar de quando eu tinha 5 ou 6 anos, quando meu pai contava histórias para mim e para minha irmã. Ele vivia viajando nessa época, pois trabalhava para um grande jornal no Rio de Janeiro, mas quando estava em casa fazia questão de nos colocar para dormir e de ficar nos olhando até pouco depois de já estarmos em sono profundo. Em vez de apenas reproduzir contos de fadas, ele começava uma história e pedia para que eu e Luiza continuássemos, o que às vezes acabava em briga, porque queríamos finais diferentes para os personagens. É óbvio que as histórias sempre eram loucas demais para fazer algum sentido. Só depois de muito tempo eu entendi o que ele estava querendo nos ensinar ali: não dá para controlar tudo o que acontece à nossa volta.

Meus olhos marejaram. Eram saudades do meu pai. E um pouquinho de arrependimento também. Eu tive uma nova oportunidade de estar com ele na festa de formatura, e fiquei tão preocupada em desatar os outros nós que acabei nem aproveitando a sua presença. Se papai ainda estivesse ali comigo, certamente teria um bom conselho para dar e o abraço que eu carinhosamente apelidei de abraço-bolha, o único que conseguia fazer todos os problemas do mundo perderem completamente a importância. Tanto os problemas que a gente vive quanto aqueles que vivem dentro da gente. Estouraram a minha bolha-esconderijo quando ele recebeu o diagnóstico. Para mim ainda é difícil lidar com isso, esse é o verdadeiro tipo de ferida que nunca se fecha.

Eu poderia me afogar nas minhas próprias lágrimas, mas em vez disso suspirei. Deixei meu celular de lado, sequei o rosto com as mãos e desci para o café da manhã. Eu tinha que deixar minha mala pronta, fazer check-out até o meio-dia e deixar o hotel. Iria para o aeroporto no meio da tarde, já que meu voo era no começo da noite.

Quando retornei do café da manhã, olhei para todas as minhas coisas, tomei coragem e comecei a arrumação. Liguei a televisão para pelo menos ter a sensação de companhia enquanto eu fazia a mala e também para, quem sabe, ver notícias sobre o clima. Não queria que nenhuma nevasca atrasasse meu voo. Propagandas e comerciais locais se sucediam, e aquilo me distraiu por alguns instantes, mesmo com tudo sendo dito em francês. Era engraçado ver apresentadores falando em uma língua da qual eu não entendia nada.

Aos poucos, notei que o que estava passando era uma espécie de programa de fofocas com celebridades, especializado em reportagens sobre famosos, polêmicas entre famosos, brigas entre famosos e romances entre famosos. Às vezes o assunto variava, com reportagens sobre gente rica, polêmicas entre gente rica, brigas entre gente rica e romances entre gente rica. Como alguém podia ter interesse em assistir aquele tipo de coisa? Nem dei muita importância, aquilo ia ser só som de fundo, e fui tratando de dobrar e guardar tudo. Em um determinado momento, pensei ter escutado o apresentador dizer "Kate Adams". Olhei para a tela, achando que era paranoia minha. Mas foi aí que deixei cair no chão o sapato que estava na minha mão.

O Henrique e a Kate estavam na tela!

Eram imagens de uma matéria de alguma rede de televisão britânica. Continha cenas da entrevista do dia anterior para o The Music e da apresentação da música da Taylor Swift, enquanto alguém tagarelava em francês ininterruptamente. Sem piscar os olhos, sentei na cama diante da TV e tentei entender o contexto da coisa toda só pelas imagens.

A cena era mais ou menos a seguinte: a Kate e o Henrique saindo de um prédio, ambos com óculos escuros e copos de plástico na mão. O Brown estava logo na frente, para abrir caminho entre os *paparazzi*, e isso ele conseguia fazer sem muito esforço, porque era enorme – e eu não estou falando só de altura. Imaginem um homem gigante, negro e musculoso, com cabelo raspado, óculos escuros, terno e gravata, tamanho GG. O Brown colocava medo em qualquer um, tanto pela aparência quanto pelo raciocínio rápido. Mas, mesmo assim, um dos *paparazzi* cometeu o erro de ignorá-lo completamente para conseguir o melhor ângulo, a melhor foto, se jogando entre o empresário e sua dupla e disparando o *flash* diversas vezes diretamente no rosto deles. O Brown fez sinal para que ele se afastasse, e o homem retrucou. Não deu para entender o que o fotógrafo disse naquela hora, mas ele claramente quis provocar... E deve ter sido algo bem estúpido, porque segundos depois o rapaz e sua câmera estavam no chão.

Foi rápido demais, mas a cena se repetiu tantas vezes na televisão que eu consegui reparar em cada detalhe. Vi o rosto do Henrique, que tinha os lábios apertados, e empurrava o fotógrafo com força. Vi o rosto da Kate, que estava completamente assustada. Vi a revolta do *paparazzo* ao perceber que a câmera tinha se quebrado. Os últimos segundos do vídeo mostravam o Brown puxando os dois para dentro de um carro de vidros escuros e sumindo de vista.

No mesmo instante, quase que em um movimento instintivo, peguei o celular e liguei para o Henrique. Que se dane o orgulho! Revirei os olhos quando ouvi a mensagem automática dizer *"O número que você ligou está fora de área ou desligado..."*. Desliguei antes que aquela gravação irritante acabasse. Eu não queria deixar mensagem na caixa postal. Também não queria falar por telefone. Queria que já tivessem inventado o teletransporte ou que depositassem por engano alguma grana na minha conta corrente. Se eu tivesse dinheiro, pegaria o primeiro trem ou avião para Londres, mas eu não sabia onde eles estavam hospedados e obviamente meu saldo no banco mal daria para me virar ali durante os próximos dias.

Não resisti ao impulso de checar as redes sociais, procurando por notícias deles. E, lógico, havia bastante coisa. Aliás, eu nem precisaria acessar a internet para adivinhar que o vídeo já havia se espalhado na rede e nos blogs de fofoca do mundo inteiro durante a noite. A Kate e o Henrique eram o casal do momento, e cada vez que replicavam a notícia de que ele a defendeu, divulgavam também os vídeos que os dois já tinham gravado juntos. E, droga... eu assisti aos dois de novo e eles eram mesmo bons demais juntos para que eu fosse capaz de lidar com aquilo. Me senti um lixo.

Os comentários negativos que falavam da maneira agressiva como ele tratou o fotógrafo praticamente desapareceram em meio a tantos outros que diziam que eles combinavam e deveriam ficar juntos de verdade. Criaram até um fã-clube instantâneo unindo o nome dos dois, sabe? Katick!

Eu não tinha entendido o "ck" no final, até perceber que, para o público, Henrique já tinha virado *Rick*, Rick Viana, em um carinhoso acesso de intimidade de toda a internet. Claro que eu detestei aquilo. Nem eu o chamava de Rick, nunca tinha colocado um apelido desses nele. Talvez porque só eu mesma fosse uma lerda, e todo o planeta estivesse na minha frente no quesito "entender o Henrique".
E o meu ciúme só aumentava.

Sobre a Kate: ao contrário do que eu imaginei, a opinião machista do Harry, ex da cantora e ex-guitarrista do Simple Talks, só fez com que mais pessoas se lembrassem dela e torcessem por ela. Acho que de alguma forma ela fez parte da adolescência de uma geração. Os fãs que a acompanhavam pelo YouTube já queriam que Henrique e ela se tornassem um casal, mas depois dessa história toda até quem não os conhecia resolveu incentivar. Ou melhor, como li em um dos comentários, "shippar".

Eu estava tão nervosa que precisei me controlar para não jogar o notebook longe. Se antes aquelas paredes do quarto já estavam me sufocando, agora pareciam uma verdadeira prisão. Eu estava em um país estranho, o mais longe de casa que já estive, observando o cara que eu amo se divertindo com uma garota incrível sem poder fazer absolutamente nada para impedir. E ele, definitivamente, havia caído no gosto da mídia sem nenhum esforço. De um instante para o outro.

Os comentários me deixaram ainda mais para baixo. As pessoas realmente os enxergavam como um casal e queriam que eles ficassem juntos de verdade. A Kate e o Henrique disseram um milhão de vezes que eram apenas bons amigos, mas é claro que essas afirmações ficavam cada vez mais enfraquecidas com ele a defendendo de *paparazzi* malignos e enlaçando a cintura dela na hora de posar para outros fotógrafos.

Depois de muita irritação e tantas suposições, me senti um ser invisível. Eu estava no meio de uma história que não era minha. Olhei para o relógio do celular, já estava tarde, passava das 11h30. Eu tinha perdido muito tempo com aquilo e precisava me apressar para organizar tudo antes do horário de deixar o quarto, ou teria que pagar uma diária a mais, e essa seria por minha conta, o que, absolutamente, eu não queria nem podia. Desliguei a televisão, guardei celular e notebook e fui terminar o que eu tinha começado.

Fechei tudo, desci à recepção, fiz o check-out e pedi para guardarem minha mala no hotel. Eu tinha ainda mais algumas horas antes de precisar ir para o aeroporto, e ia aproveitá-las. Depois, voltaria para pegar minha bagagem e chamaria um táxi. Segurei meu impulso de ficar no saguão do hotel aproveitando o wi-fi e navegando mais na internet à procura de outras notícias, comentários ou postagens. Decidi não me irritar mais e saí com minha câmera para fazer as últimas fotos, passear mais um pouco por Saint-Germain-des-Prés, almoçar e me despedir de Paris de cabeça mais fresca.

***

O caminho até o aeroporto foi melancólico e dramático. O tempo fechou, chuviscava e fazia mais frio. Da janela do táxi eu ia observando a cidade passar diante dos meus olhos, e a água da chuva batendo no vidro. Paris é um lugar lindo quando você está apaixonada e feliz, mas se houver um pouquinho de tristeza e nostalgia, as pedras das construções antigas parecem lembrar você o quanto sua vida é solitária. E o pior: elas te lembram que sua vida vai continuar do mesmo jeito, ainda que bem longe dali.

O aeroporto estava cheio e havia filas por toda parte. Despachei minha mala e fui em direção ao salão de embarque, com uma bagagem de mão pequena, contendo meu notebook. Me sentei, desejando com todas as forças que o tempo passasse bem rápido e eu estivesse logo de volta ao

Brasil. Nada é capaz de me confortar mais que o cheiro familiar da minha casa e um carinho da minha gatinha. Eu vinha precisando de qualquer coisa de familiar.

Como eu ainda tinha um bom tempo até o horário do embarque, abri o notebook, enganando minha consciência que eu iria apenas começar a trabalhar nas fotos, e não ia ver nada na internet sobre o *assunto*. Editei algumas fotografias, mas em pouco tempo eu já estava conectada ao wi-fi do aeroporto, e, quase sem admitir minha curiosidade para mim mesma, eu já havia voltado a fuçar a internet para ver o que mais havia sido noticiado a respeito do Henrique.

Descobri que havia acontecido um almoço, poucas horas antes, do qual participaram eles, o Brown e o pessoal de uma gravadora, e que lá havia sido assinado um contrato com a dupla! Como o mundo girava rápido! Foi só o tempo de eu ir até o aeroporto e o Brown já tinha um contrato nas mãos? Ele era mesmo uma raposa, e já devia estar com tudo planejando para que as coisas acontecessem todas juntas e a repercussão fosse maior.

Era óbvio que os principais blogs de fofoca estavam cobrindo o evento e fotografando todos. E eu sabia que aquilo me deixaria triste, independentemente do que eu encontrasse, mas quem disse que dá para continuar tranquila sabendo que todas as respostas estão a um clique de distância?

Nem precisei ter o trabalho de ir para a segunda página. Lá estava Kate Adams com um vestido estampado, cachos no cabelo e seu batom vermelho cremoso e brilhante *consigo-sorrir-sem-sujar-os-dentes*. Ao lado dela estava Henrique. Era o *meu* Henrique, com uma camisa xadrez e um blazer preto por cima. Uma das mãos dele estava no bolso e a outra na cintura da Kate. Ela fazia pose para as fotos e o Henrique sorria de uma forma que não era muito comum para ele: apertando os olhos, de modo a deixar as bochechas salientes.

Precisei ler o título do post umas três vezes para ter certeza de que não havia entendido errado.

Kate Adams e Rick Viana assinam contrato!

A dupla Kate Adams e Rick Viana assinou hoje um contrato com a Atlantic Records em um almoço, e logo depois chegaram juntos à gravadora distribuindo sorrisos e posando para quem tivesse uma câmera na mão. Eles estão felizes e querem mostrar isso ao mundo. Por que fariam diferente? São a grande revelação e aposta da Atlantic para o próximo semestre.

Logo mais à noite haverá uma festa para comemorar. E fica aqui a nossa expectativa para que algo realmente interessante aconteça nesse evento, já que o ex da cantora, Harry Coxx, também estará presente e há alguns dias se manifestou nas redes sociais dizendo coisas sobre Kate que jamais ousaríamos reproduzir aqui. Como essa novela terminará? Sabemos que Rick não leva desaforo para casa, conforme esse vídeo em que ele agride um paparazzo. Teremos um barraco em plena festa da Atlantic? Descobriremos antes que você vá dormir!

Rick? É, o apelido tinha pegado mesmo. Argh!

Que ódio! Fechei o blog com muita raiva. Também prometi que não olharia as redes sociais nem acessaria qualquer site que falasse sobre celebridades até que eu chegasse ao Brasil. Comecei a colocar na cabeça que eu era a intrusa ali e que não tinha o direito de fazer nada para atrapalhar o sucesso de ninguém. Voltei a editar minhas fotos, quando uma mensagem do Joel pulou na tela. Senti um alívio enorme de poder falar com alguém que realmente se interessava por mim.

Anita
Disponível

Hoje

Me diz que seu avião não está caindo e que vc não conectou para dar adeus.

rsrs... besta... Meu voo está um pouco atrasado, tô aqui na espera.

Hahaha, fiquei sabendo.

Ah, é? Como?

Claro. Estou de olho no seu voo e no seu trajeto aqui pelo aplicativo. Vou te acompanhar na viagem. Sou seu anjo da guarda à distância.

Ah, fofo! <3 Obrigada!

haha. Mas e aí, não quer já me mandar algumas fotos? Estou curioso pra ver como ficaram!

Ok, vou terminar de compactar e já te mando algumas por e-mail. Daqui a pouco já chegam pra você.

Blz. E o seu cara? Encontrou mais com ele? ☺

Ah...

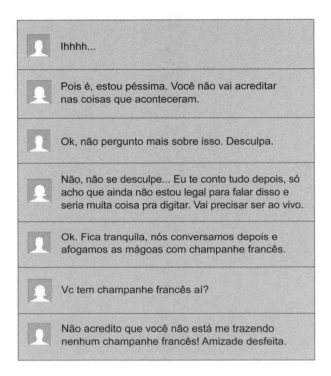

Ihhhh...

Pois é, estou péssima. Você não vai acreditar nas coisas que aconteceram.

Ok, não pergunto mais sobre isso. Desculpa.

Não, não se desculpe... Eu te conto tudo depois, só acho que ainda não estou legal para falar disso e seria muita coisa pra digitar. Vai precisar ser ao vivo.

Ok. Fica tranquila, nós conversamos depois e afogamos as mágoas com champanhe francês.

Vc tem champanhe francês aí?

Não acredito que você não está me trazendo nenhum champanhe francês! Amizade desfeita.

Eu ri, e me surpreendi com o fato. E não é o que o Joel conseguiu me arrancar uma gargalhada em um momento daqueles? Ele sumiu por alguns instantes, provavelmente abrindo as fotos do e-mail que eu tinha mandado minutos antes.

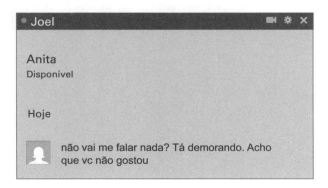

Joel

Anita
Disponível

Hoje

não vai me falar nada? Tá demorando. Acho que vc não gostou

...

???

Me desculpe a sinceridade

Ai...

Mas são AS FOTOS MAIS INCRÍVEIS QUE JÁ VI NA MINHA VIDA. Você é demais, Anita! ☺

Tá falando sério? Você é um exagerado!

Juro pelo Fred e pela Catarina juntos

Não põe a minha gata no meio!

Mas eu jurei pelo meu cachorro também! Aliás, quase ia esquecendo de falar. Trouxe a Catarina aqui pro meu apartamento, porque achei ela tristinha demais. Não estranhe quando não a encontrar quando chegar. Ela ficou amuada no início, mas parece que agora está feliz. Até deu bola para o Fred!

Incrível como até a atmosfera da sala de embarque se tornou mais agradável depois daquilo. Eu estava sendo elogiada pelo meu trabalho e até tinha conseguido dar boas risadas. O Joel é sempre mesmo meu anjo da guarda, fofo. Sempre me pondo para cima!

Levei um susto quando a voz no autofalante começou a chamar para o embarque imediato no meu voo.

Joel

Anita
Disponível

Hoje

Ah, ok! Mas, Joel, já estão chamando para embarcar! Vou indo! Te vejo no Brasil, tá?

Corre lá! Quando chegar, bate aqui no meu apartamento. Vou abrir uma exceção e acordar bem cedo em pleno domingo só pra ver você e matar as saudades.

Own! Beijo, fui!

Beijo!! ;-)

Fechei o notebook com um estalo, levantei correndo com cartão de embarque e passaporte na mão e embarquei. Segundo o bilhete, meu lugar era na poltrona 26A. Quase todo mundo já havia se sentado, menos um senhor mais velho, lá no fundo, que parecia estar indo ao banheiro. Meus olhos pararam nele por alguns segundos, como se aquele homem de terno antiquado e cabelos brancos despertasse alguma memória bem antiga, daquelas que nosso cérebro já não consegue acessar.

Para a minha viagem, eu tinha uma *playlist* no celular que combinava com meu estado de espírito, e era o que eu ia ouvir no voo assim que liberassem o acesso aos aparelhos eletrônicos. Quando finalmente me acomodei e olhei através da janelinha do avião, percebi que eu estava mesmo deixando Paris e, junto com ela, meu coração despedaçado.

PLAYLIST:

- ▶ You Could Be Happy - Snow Patrol
- ▶ All I Want - Kodaline
- ▶ Wish You Were Here - Avril Lavigne
- ▶ So Jealous - Lisa Mitchell
- ▶ Fire - Augustana
- ▶ Time Moves Slow - Aqualung
- ▶ Wonderful Unknown - Ingrid Michaelson
- ▶ Shout - Ross Copperman
- ▶ Poison & Wine - The Civil Wars
- ▶ Chances - Five For Fighting
- ▶ Between The Raindrops – Lifehouse
- ▶ Rain City - Turin Brakes
- ▶ Open your Eyes - Lee DeWyze
- ▶ Let Her Go - Passenger

O avião ganhou altura, e fui observando Paris ficar cada vez menor e mais distante. A Torre Eiffel, sempre em destaque no meio da Cidade Luz, parecia ser mais um detalhe chamativo do que um monumento gigantesco.

A viagem foi tranquila. Assisti a um filme, mas adormeci antes do final. Acordei na hora em que serviram o jantar e logo depois adormeci novamente. Eu estava ansiosa para chegar em casa, não conseguia me concentrar em nada, pensando em várias coisas (claro que relacionadas com o Henrique), então fiz de tudo para dormir o máximo possível.

Quando acordei novamente, estavam já servindo o café da manhã. Olhei para o monitor grande à frente, que mostrava a posição do avião no globo. Me dei conta de como o planeta é grande. Se eu fosse pensar bem, todos os meus problemas pareciam bobagem perto do tamanho do mundo. Aquilo me pareceu um sinal. Eu podia até não ter conseguido o que queria, reconquistar o Henrique e trazê-lo de volta, mas imaginei que ao menos ele estava feliz, realizando seus sonhos, e eu também deveria batalhar pela minha felicidade, algo que eu talvez pudesse ter percebido antes, sem precisar passar por tudo aquilo.

Prometi então que daquele momento em diante não daria espaço para pensamentos negativos dentro de mim. Já que o meu passado não existe mais, que eu gaste o meu tempo no presente conquistando um bom futuro.

O avião pousou e desembarcamos no Aeroporto Internacional de São Paulo, em Guarulhos. Finalmente, estava de volta à minha terra. Passamos pela imigração e fui pegar minha mala na esteira. Então constatei outra coisa: eu achava que a principal diferença entre os meus 30 e meus 17 anos estaria na minha aparência. Mas ao ficar tanto tempo em pé nas filas inevitáveis daquele aeroporto, descobri que eu não tinha mais a mesma disposição de antes. Meu corpo estava todo dolorido, também por ficar horas e horas na mesma posição no avião. As malas, o equipamento de fotografia, contando aí o notebook junto com meus itens pessoais, estavam bem pesados. Ainda bem que não me pararam na alfândega. Parar no *free shop* nem pensar, eu não tinha dinheiro para nada supérfluo.

O trajeto do táxi até o meu apartamento foi mais demorado do que o comum para um domingo de manhã. A maior cidade do Brasil, para eu não perder o costume, me recebeu com um acidente de moto na marginal, que fez com que o trânsito estivesse ruim mesmo naquele dia e hora. É, eu estava de volta mesmo.

Troquei o chip do meu celular pelo da operadora brasileira, e vi que havia muitos e-mails não lidos, mas resolvi nem olhar. Veria no computador, em casa, com calma. Ainda era muito cedo para ligar para minha mãe e avisar que havia chegado sã e salva, telefonaria mais tarde. Assim que cheguei ao meu prédio, o porteiro foi me ajudar com a bagagem quando me viu sair do carro. Agradeci muito, pois estava bem cansada.

Fiquei aliviada ao notar que o elevador já estava parado no térreo. Ajeitei a mala lá dentro e apertei o número do meu andar. Eu estava tão ansiosa pra ver Catarina! Estranhei quando me aproximei da porta e ela não começou a miar, mas lembrei que Joel tinha dito que havia levado ela para o apartamento dele. Ele sempre cuidando de mim e das minhas coisas! Entrei em casa e senti aquele ambiente tão familiar. Que alívio! Me joguei no sofá e relaxei. Como era bom voltar pra casa! Olhei no relógio, nem 7h30 da manhã. Achei que era muito cedo ainda para ir até a casa do Joel. Coitado, merecia dormir direito no fim de semana! Eu pensei então em desfazer minha mala e fazer uma hora até um horário mais decente para ir até lá tocar a campainha. Depois de arrumar algumas coisas, olhei para meu notebook. Minha curiosidade ficou aguçada, e tive que abri-lo. A droga era que, assim que o navegador conectou, a página do blog de celebridades que eu estava vendo no aeroporto de Paris estava aberta, e tinha um novo post bastante alarmante para mim

Rick e Kate Adams finalmente assumem o namoro

"Coloque um pouco de álcool para dentro e nada além da verdade sairá." Esse ditado nunca fez tanto sentido para o mundo das celebridades. Depois do que aconteceu na festa mais comentada do dia, ficou praticamente impossível acreditar que o motivo de os dois cantores queridinhos estarem sempre juntos é apenas o amor pela música. O brasileiro Rick Viana e a inglesa Kate Adams, ex-integrante da banda Simple Talks, se conheceram através da internet e agora formam uma dupla musical folk que irá lançar seu primeiro álbum pela gravadora Atlantic Records. Eles já são muito famosos na internet, e atualmente possuem mais de 5 milhões de inscritos em suas contas no YouTube. Mas será que essa fama os acompanhará na carreira offline? Tudo indica que sim.

Quem não está gostando nada dessa história é o guitarrista Harry Coxx, ex-namorado da moça e também ex-integrante do Simple Talks. Será que ele perdeu de vez a companheira de banda e de música para o novo galã do momento? Já faz bastante tempo, mas é óbvio que aquele pobre coração ainda sofre.

Desejamos que dessa história saia um final feliz, ou ao menos centenas de músicas boas para ouvirmos enquanto acompanhamos os passos de Kate Adams & Rick Viana.

Na foto que ilustrava o post, eles estavam muito próximos e íntimos. Não estavam dando um beijo de língua, mas era um abraço daqueles que a gente só dá em quem ama. Ela repousava a cabeça no ombro dele e deixava a cortina de cabelo cobrir o rosto. Ele a envolvia com os braços e segurava sua cintura com as mãos.

Eu não tinha dúvidas mais: Eles. Estavam. Juntos.

Então, aquilo queria dizer que quando falamos pelo telefone no sábado já havia rolado alguma coisa entre ele e a Kate? Por que ele não disse nada? Desgraçado! O motivo de ele não voltar para Paris não era bem a carreira apenas. Eles estavam juntos! Os dois estavam tendo mesmo um relacionamento, ou pelo menos prestes a ter, e eu cheguei para estragar tudo! Bom, se eu era o problema deles, o casal não tinha mais nada a temer. Eu me encontrava bem longe e tinha certeza de que estava sobrando mesmo naquela história.

Para mim já era suficiente. Chega da história de Henrique. Chega de chorar e me importar. Rick Viana... Humpf! Para mim, ponto final! (eu não sabia bem se eu conseguiria mesmo por um ponto *tão* final assim, para sempre, mas naquele momento eu estava decidida.)

Fechei o navegador e abri meu programa de e-mail para ver as mensagens não lidas. A maioria era spam ou propaganda, mas um deles era estranho e chamou minha atenção.

Assunto: Leia isso quando não souber mais o que fazer

Nossa, será que aquilo era spam também? Ou vírus? Se fosse, era bem mais criativo que os outros. Abri a mensagem e nela havia apenas um link.

Aquilo dizia tanto o que eu queria ouvir que cliquei quase por impulso, e já me arrependendo. Era óbvio que era um vírus, e euzinha, com 30 anos nas costas, caí em uma armadilha boba dessas. Que tonta!

Mas naquele momento, naquele estado, eu realmente não tinha ideia do que fazer dali para a frente. Eu sei, tinha sido uma bobagem...

Para meu espanto, o link direcionou para o meu blog, mas eu só o vi por um segundo, porque em seguida tudo começou a balançar e, aos poucos, aquela velha sensação de não conseguir controlar meu próprio corpo voltou. Senti minha mente escorregando para fora de mim, primeiro devagar, depois rapidamente.

Eu já sabia o que estava acontecendo...

6

Cheguei à conclusão de que perdemos muito quando nos limitamos a fazer apenas as coisas que estamos acostumados a fazer.

Consertando coisas.
14 de dezembro de 2003, domingo, 10h02

Acho que você não tem me dado muita sorte, viu?! Nem sei direito por que ainda venho aqui desabafar, como se alguém além de mim estivesse interessado nesta vida sem graça que eu levo. Queria pelo menos ter nascido com algum talento, sabe? Cantar bem, desenhar, dançar, ser bonita sem maquiagem e de qualquer ângulo ou, sei lá, me apaixonar por um cara legal e levar a vida acompanhando ele em viagens ao redor do mundo. Vi isso num filme dia desses e fiquei imaginando como seria. Qual a chance de isso acontecer comigo? Nenhuma. Aqui em Imperatriz os meninos são todos tão idiotas e infantis! Só querem saber de baladas e bebida. Tem dias que eu penso que fizeram uma lavagem cerebral em todas as pessoas do sexo oposto. E depois me julgam por não me interessar por ninguém ou não querer sair no final de semana... Qual é a graça? Pra ver as mesmas pessoas de sempre? Prefiro continuar assistindo Friends.

Bom, vamos direto ao ponto. A festa de formatura aconteceu e eu não sou mais uma estudante do ensino médio (aleluia!), mas as coisas não saíram exatamente como eu planejei. Eu queria que fosse uma despedida em grande estilo. Fiz tudo exatamente como qualquer outra garota: escolhi um vestido longo bonito (essa é uma tarefa realmente difícil, viu?), passei horas fazendo cachos no meu cabelo, esfumei a sombra sem deixar a pálpebra marcada e aguentei um salto de 15 cm por longas horas. Achei que entraria lá e todo mundo olharia pra mim, como se percebessem de uma hora pra outra o poste invisível que sempre esteve ao lado deles. Mas isso não aconteceu. Muito pelo contrário. Só repararam em mim quando o Fabrício resolveu começar a gritar no meio de todo mundo. Eu nem sei o que aquele garoto estava fazendo lá. Juro!

Eu deveria ter ouvido o conselho da Camila. Desde o primeiro instante ela disse que o primo não era alguém de quem eu deveria me aproximar. Mas é claro que eu não ouvi o conselho dela. Por que eu sempre acho que vou mudar os caras, hein? Talvez um dia eu faça uma tatuagem pra lembrar que eles são todos iguais. Um dia. Porque por enquanto minha mãe jamais me deixaria fazer uma.

Outro problema é a tal câmera quebrada. Vou resumir pra ficar mais fácil: o fotógrafo contratado teve que sair correndo da festa e a organização me pediu para fotografar. Eu aceitei com muito gosto, porque realmente tirar foto não é nenhum sacrifício pra mim. Adoro! Amo! O problema é que quando a confusão começou entre o pessoal, a câmera estava na minha mão e algum idiota acabou esbarrando nela. Minha irmã viu, mas eu ainda não tive coragem de contar pra mais ninguém.

Nem mil anos de mesada pagariam o valor dessa câmera. Imagina só o que minha mãe vai dizer? Passei a vida toda pedindo uma dessas e, quando finalmente consigo, mesmo que emprestada, em poucas horas eu a quebro.

Para completar a tragédia, depois que isso tudo aconteceu, quando o resultado das provas saísse, se eu tinha alguma esperança de que minha mãe me apoiaria na faculdade de fotografia, ela desapareceu. Eu sei que as chances de passar nos dois vestibulares que eu prestei é mínima, mas se acontecer, se pelo menos uma vez na minha vida as coisas funcionarem, o que farei pra convencer minha mãe de que o caminho certo é aquele em que os meus sonhos se realizam? Aparentemente, a única coisa com que ela se importa é o que vão pensar da minha formação. Ainda bem que eu tenho o meu pai! Vish! Ele está batendo na porta neste exato momento. Preciso desligar o computador e fingir que passei a madrugada dormindo como um anjo.

Vejo você depois (se eu não ficar de castigo e sem internet). Eu não estou exagerando quando digo que tudo é possível nesta casa.

Eu já estava começando a me acostumar com as viagens no tempo. Não sei se isso era bom ou ruim, mas o fato de saber que aquele vazio iria passar em alguns segundos e que eu estaria em casa, mesmo em algum lugar do passado, me deixava um pouco mais tranquila. Aquilo era a prova de que até o extraordinário se tornava rotina quando acontecia com frequência.

Bateram na porta, era meu pai querendo falar comigo. Abri na mesma hora, e meu impulso foi de abraçá-lo, mas achei que ia parecer estranho e procurei agir como se eu estivesse fazendo a coisa mais normal do mundo. Mas que bom poder vê-lo mais uma vez!

Ele entrou no quarto analisando a bagunça de roupas, cadernos e livros. Não me deu bronca, mas só com o olhar conseguiu passar uma mensagem: "Arrume logo este quarto porque se sua mãe chegar aqui as coisas vão se complicar".

– Como estão as coisas, querida? Dormiu bem?

– Sim. Eu acho que sim.

– Eu não quero arrastar a discussão de ontem pra hoje, tudo bem?

Ontem? Peraí, ontem eu estava em Paris, certo?

Ah, tá. Deve ser a da festa de formatura.

– Ah... Certo...

– Sei que a culpa não foi totalmente sua – ele continuou –, mas preciso que você se esforce mais pra que isso não aconteça de novo. Você sabe que a sua mãe tem aquele jeito durão, de quem não se importa e está sempre bem, mas no fundo ela morre de saudades do resto da família e fica chateada quando vocês se desentendem. Pra ela, aquilo tudo é muito importante.

– Eu sei, pai. Tudo o que eu mais queria era que as coisas ficassem bem entre a gente. Eu sinto tanta falta da Carol. Sinto tanta falta de tudo isso!

– Eu queria poder te mostrar um pouquinho de tudo o que eu já vivi, sabia? Te dar um resumo pronto das coisas pra você não sofrer tanto. – Ele me abraçou e continuou falando, e eu aproveitei muito aquele abraço. – Infelizmente, com o tempo vamos nos afastando dos membros da nossa família. É natural, porque a vida começa a ficar mais corrida e os interesses mudam. Cada um vai pro seu canto. Não desperdice esse tempo que vocês ainda têm com besteiras. Sei muito bem que agora não parece besteira, mas quando você tiver a minha idade vai se arrepender por ter levado as coisas tão a sério.

Eu estava chorando compulsivamente quando ele terminou de dizer aquilo. Não só pelo conselho, mas por saber antecipadamente sobre a falta que aquele homem faria no resto da minha vida.

– Eu prometo que as coisas vão mudar de agora em diante, tá?

– Eu confio em você – ele disse, piscando e mostrando um sorriso com dentes meio tortos e amarelados. – Você ainda é essa coisa miúda, mas às vezes parece mais madura do que o normal.

– Ah. Devo estar envelhecendo precocemente, então – eu disse, tentando fazer sentido.

– Dramática, como todas as mulheres da família. – Ele balançou a cabeça, e eu ri alto antes de ele continuar. – Não sei. Talvez seja alguma coisa no seu olhar. Como agora. Você nem parece uma menina!

Eu dei um sorriso tímido e desviei os olhos, com medo de que a verdade pudesse ser vista através deles. Claro que não seria tão fácil assim meu pai descobrir sobre viagens no tempo com um palpite, mas para mim nada mais era impossível. Senti um aroma delicioso no ar e respirei fundo.

– Esse cheiro está vindo lá da cozinha?

– Há boatos de que a sua mãe está cozinhando.

Eu logo me animei e dei um pulo da cama. Minha mãe nunca gostou muito de cozinhar, não tinha paciência nem tempo, pois o horário de almoço no colégio em que trabalhava como diretora era curtíssimo. Mas, quando se propunha a fazer isso, normalmente em ocasiões especiais, como um aniversário ou Dia dos Pais, todos nós comemorávamos. Naquele dia em especial, ela preparou um estrogonofe de carne com batata palha e, de sobremesa, um pavê de biscoito de maisena. Fiquei me perguntando qual seria o motivo do almoço especial, mas acho que foi só pra celebrar minha formatura mesmo. Ela não era de demonstrar afeto e baixar a guarda, aquele foi então o jeito que encontrou pra dizer que estava orgulhosa por ter mais uma filha formada. Nunca pensei por esse lado antes, sabia?

Minha irmã ficou em silêncio durante todo o almoço. Só abriu a boca para colocar a comida lá dentro e para pedir que eu passasse a garrafa de Coca-Cola. Eu queria perguntar o que estava acontecendo, se tinha a ver com o namoro dela, mas decidi não fazer isso na frente dos nossos pais para não gerar uma nova discussão.

Depois da tradicional bronca que nos fez voltar até a cozinha e lavar a louça, subi as escadas correndo e fui para o meu quarto tentar resolver o problema da câmera. Eu sabia que ela havia quebrado, mas não tinha certeza se era um problema irreparável ou se eu conseguiria consertá-la pesquisando em fóruns na internet.

A câmera estava guardada ao lado do computador. Antes de tentar qualquer coisa, para garantir, descarreguei as fotos uma por uma. Todo o equipamento necessário estava dentro de uma bolsa preta cheia de bolsos que o fotógrafo deixou comigo antes de sair da festa. Provavelmente, ele nem imaginou que eu saberia como usar aqueles cabos.

Abri o navegador, mas site nenhum carregava. Foi aí que eu me toquei: eu estava em 2003 e, naquela época, na minha cidade, só tinha internet discada. Nos fins de semana, era mais difícil conseguir conexão, não sei bem por quê. Eu ia esperar um pouco e tentar dali a alguns minutos. Ai, a tecnologia...

Resolvi abrir o programa básico de edição de fotos que eu tinha para tentar passar o tempo e dar um "up" nas fotos que eu havia tirado na formatura. Aquele computador era tão lerdo que eu precisei contar até cem para não perder a paciência. Depois de muita espera, o programa abriu e eu consegui aumentar o contraste, ajustar o brilho e retocar alguns detalhes.

No final, apesar de tudo, o resultado tinha ficado melhor do que eu imaginava. Era um equipamento bem antigo, mas eu consegui capturar direitinho o sentimento das pessoas que estavam na festa, inclusive o sentimento chamado "estar bêbado", muito visto por lá. Confesso que até bateu uma certa nostalgia em rever alguns deles ali. Naquela época, a turma toda tinha tanta esperança, tantos sonhos e medos... Enfim, uma vida inteira de escolhas pela frente. Fiquei me perguntando o que será que eles haviam feito dela. Se eram felizes, se tiveram filhos, se engordaram, se emagreceram ou, sei lá, se mudaram para outra cidade ou outro país.

Às 14 horas em ponto, decidi tentar me conectar de novo e comecei o ritual. Troquei os fios do telefone pelos do modem e aguardei ansiosamente enquanto ele realizava a comunicação com o provedor. A trilha sonora era o tom de discagem seguido da sinfonia de ruídos que o modem produzia ao se conectar. Barulheira nostálgica, e eu tamborilando os dedos na mesa. Nem acreditei quando uma janelinha no meio da tela me informou que eu finalmente estava on-line. Eu já disse que o computador era lerdo? Algumas vezes, certo? Então, ele era mais que isso. Era uma verdadeira carroça, com rodas quadradas ainda por cima. Ainda bem que inventaram processadores melhores, internet rápida e mouses ópticos, porque aquele com esfera não obedecia aos meus comandos direito. Sério! Ela sujava, eu tinha que abrir limpar, que tosco! Eu simplesmente não conseguiria viver mais com aquela tecnologia ali por muito tempo. Como será que sobrevivemos?

Quando abri o navegador, a primeira coisa que meio veio à mente foi a possibilidade de acessar o blog e tentar voltar para o presente. Mas aí me dei conta de que eu não sabia bem o que fazer lá. Minha vida estava de novo uma bagunça e eu queria adiar o momento em que eu teria de enfrentar tudo. Parei de digitar o endereço antes de apertar *Enter* e apaguei todos os caracteres.

Voltei a fazer minha busca pelos fóruns de fotografia. Eu sinceramente não sei por que eles deixaram de existir com o passar dos anos. Aqueles tópicos eram tão ricos em informações e experiências dos usuários que não precisei de mais de vinte minutos pra encontrar um rapaz que estava com um problema parecido com o meu e arrumou uma solução simples para substituir a parte quebrada da peça e colar o equipamento. Eu só precisaria de um pouquinho de Super Bonder e um pedaço de cartolina. Tentei lembrar onde eu guardava essas coisas na época. Meu quarto ainda estava bagunçado e havia muitas gavetas espalhadas pela casa. Tive que abrir cada uma delas até encontrar os materiais necessários. Foi mais fácil do que eu imaginava, justamente porque no fórum havia um tutorial detalhado com imagens.

Quando girei a lente pela última vez, ouvi um "clack". Meu coração começou a bater mais rápido. Das duas, uma:

ou aquilo era sinal de que eu a havia arrumado ou de que ela tinha quebrado de vez. Tentei bater uma foto e suspirei aliviada quando o foco funcionou perfeitamente bem. Por fora, dava para ver que a câmera havia sido reparada, mas o importante para mim era devolvê-la pelo menos funcionando ao fotógrafo. Ao menos para alguma coisa já havia servido aquela viagem no tempo! O Marcos teria sua câmera em ordem! Fiquei tão empolgada que saí pulando pela casa com a câmera na mão e fui até o quarto da Luiza contar a novidade. A porta estava encostada, mas nós tínhamos um sério pacto: jamais entraríamos no quarto uma da outra sem permissão. Chamei por ela três vezes, mas ninguém respondeu.

Todos os quartos da casa ficavam no segundo andar, mas os nossos não eram próximos, porque entre eles havia três cômodos: o quarto dos nossos pais, o banheiro e o quartinho onde ficavam todos os nossos brinquedos velhos e alguns livros antigos do papai.

Ouvi um barulho vindo do banheiro. Parecia alguém chorando bem baixinho, mas na hora não deu para ter certeza porque, logo em seguida, a água do chuveiro começou a cair e não dava para escutar mais nada além disso.

Me aproximei da porta e coloquei o ouvido perto da fechadura. Notei que não era choro, e sim uma espécie de tosse ou alguém se engasgando. Aquilo me deixou preocupada, porque, em um primeiro momento, pensei que fosse papai passando mal. Fiquei desesperada e, sem nem pensar duas vezes, tentei girar a maçaneta com as duas mãos.

A porta abriu e eu quase não acreditei no estava acontecendo diante de mim. Não era o papai, mas a Luiza. Minha irmã estava inclinada sobre a privada e, em suas mãos, havia uma escova de dente. Então eu percebi que, até segundos atrás, ela estava forçando o vômito com o cabo de plástico da escova.

– Tá doida?! – ela esbravejou, levantando e limpando a boca com as costas da mão. – Eu estou usando o banheiro, não tá vendo? Sai daqui!

– O que você está fazendo, Luiza?

– Não é da sua conta! Não é da sua conta nem da de mais ninguém. Tá ouvindo? – ela gritou furiosa.

Dei mais um passo para a frente, fechando a porta atrás de mim. Vi que a privada estava completamente suja, o cheiro de vômito revirou meu estômago e fiquei enjoada.

– Você está provocando isso de propósito?

– Não. Eu juro que não. A comida só... não caiu muito bem... Acho que almocei mais do que deveria.

– Mas você comeu como um passarinho!

– É, mas sei lá...

– Então por que você não pediu um remédio pra mamãe?

– Não queria dar trabalho! É só indigestão. Vai passar. Pode ir.

– E você resolve forçando o vômito? Isso vai acabar com seu estômago.

– Não vai acontecer de novo. Que droga! Para de se intrometer na minha vida!

Não era a primeira vez que ela dizia aquilo pra mim, então eu rebati sem medo.

– A sua vida faz parte da minha. Não tem como eu *não me importar* com você, isso está fora de cogitação.

– Então vai cuidar da outra parte da sua vida pra não ficar tudo uma porcaria. Eu vou ficar bem. – a Luiza apertou a descarga, abriu a torneira da pia e lavou o rosto, deixando ir embora pelo ralo qualquer prova de sua inconsequência. – Tá vendo? Já estou bem melhor.

– Então por que você não diz isso olhando nos meus olhos? Quem você tá tentando enganar, irmã? Vamos conversar? Por favor...

– Eu não quero falar com ninguém.

– Você não precisa falar se não quiser. Só me deixa cuidar de você...

Eu a abracei e, nesse momento, ela começou a chorar até soluçar. Eu não sabia o que estava acontecendo, mas tinha certeza de que a culpa não era do almoço delicioso que a minha mãe fez.

Limpamos o resto da sujeira no banheiro e fomos para o quarto dela logo depois. Dessa vez, a Luiza se certificou de que a porta estivesse trancada.

– Eu preciso te mostrar uma coisa. – Ela caminhou até a cama e começou a procurar por algo dentro da bolsa. Tirou de lá um aparelho celular vermelho com antena que era praticamente do tamanho de um tijolo. – Toma. Leia isso.

Comecei a ler três mensagens de texto que ela tinha recebido.

> Espero que você consiga lidar com o fato de estar compartilhando seu namoradinho. Talvez vc esteja levando a frase "deixe o que você ama livre" a sério demais.

> Beleza interior é importante, mas acho melhor você começar a trabalhar a parte de fora também. A concorrência pesa uns 20 quilos a menos, querida.

> Já se perguntou o que a pessoa que você ama está fazendo? Queria que você olhasse as fotos. Tenho certeza que você adoraria parar de imaginar e visse.

Aquelas mensagens eram muito maldosas! Instantaneamente, fiquei com vontade de responder com um monte de desaforos. Depois me dei conta de que isso só mostraria que a pessoa conseguiu o que tanto desejava: provocar minha irmã. O estranho daquela história era que o Douglas, o futuro marido da Luiza, sempre a respeitou muito. Nunca passou pela minha cabeça a possibilidade de uma traição. Provavelmente aquilo era intriga de alguém da faculdade para justamente fazer com que os dois brigassem. Foi esse o discurso que usei para convencer a Luiza a apagar as mensagens e a conversar com ele pessoalmente, quando o final de semana acabasse.

Ela me ouviu, mas admitiu que ainda se sentia bastante insegura e que estava muito insatisfeita com seu corpo, se achando feia. Na faculdade dele havia muitas garotas bonitas que faziam de tudo para acabar com o relacionamento dos dois. Tudo porque ele tinha uma boa condição financeira, um carro legal e usava roupas de marca. Luiza nunca se importou com essas coisas, mas é claro que de alguma forma ele a impressionava, provavelmente não por esses motivos fúteis. Eu sempre soube que ela o amava por ele ser um cara legal e muito determinado. A família era muito rica, uma das mais tradicionais da região, mas ele sempre trabalhou para ajudar os pais com os negócios.

Me certifiquei de que a Luiza já estava mais tranquila quando saí do quarto. Sei que a vontade de vomitar veio porque ela estava triste, mas se aquilo se tornasse algo frequente, viraria bulimia. E eu não queria ver minha irmã sofrendo tanto com uma doença tão cruel por culpa de umas garotas bestas da faculdade.

Minutos depois, a Luiza bateu na porta do meu quarto. Eu estava terminando de guardar as últimas peças de roupa espalhadas no chão. Então, ela entrou, sentou na cama e ficou me observando. Esperei que dissesse alguma coisa, mas eu entendi que ela estava lá apenas para não ficar sozinha e pensar em bobagens.

Eu não queria voltar naquele assunto, então me lembrei de falar sobre o conserto da câmera.

– Olha só! Consegui dar um jeito na câmera, viu?

– Sério? Como você fez isso? – Ela parecia mais animada.

– Pesquisei na internet. Não tá 100%, mas pelo menos agora o foco funciona perfeitamente.

– Mas e as fotos, conseguiu recuperar alguma?

– Não aconteceu absolutamente nada com as fotos. Aliás, quero te mostrar o resultado. Estou bastante orgulhosa. Acabei me empolgando e editando algumas. Acho que o fotógrafo não vai ligar, né?

Liguei o monitor e deixei as fotos em modo de apresentação.

– As fotos estão incríveis, Anita. Você é muito talentosa pra isso! São as melhores fotos de formatura que já vi. – Ela bagunçou meu cabelo, e nem liguei. Talvez uma Anita que não tivesse "lembranças do futuro" ficasse brava com aquilo, mas eu até gostei. – É ótimo saber disso. Quando eu me formar na faculdade já sei quem vai fotografar tudo.

– Eu vou adorar, Lu. Mas do que adianta as fotos terem ficado boas se eu vou devolver uma câmera danificada? Vou ter que devolver o dinheiro e ainda assim não vai ser suficiente. Uma nova dessas deve custar uma fortuna... Terei que economizar grana até os meus 30 anos.

– Não exagera, vai. Talvez você consiga conversar com ele! Quem sabe se você propuser uma troca: você entra com o serviço de fotografia durante as férias até o começo da sua faculdade e parte do salário ele desconta pra compra de uma nova câmera.

– Mas será que ele vai aceitar? Eu toparia na hora. Aliás, isso seria maravilhoso! Ficar em casa com essa internet horrível não é algo que eu realmente goste.

– Não sei, mas se você disser com jeitinho e caprichar na edição das outras fotos, quem sabe? Só depende de você.

Fiquei ainda mais animada com a ideia da minha irmã. Olhei para ela sentada em minha cama e vi que uma grande oportunidade se apresentava no meio de tantas dificuldades: eu poderia me aproximar mais da Luiza, que, pelo que eu me lembrava, não queria saber tanto de mim na época da faculdade.

– Lu, o que você acha de aproveitarmos que estamos com uma câmera incrível dando sopa aqui em casa pra fotografar um pouquinho? Você nunca fez uma sessão de fotos só sua!

E foi isso que nós fizemos durante todo o resto do fim de semana. Fotografamos na frente de casa, no quarto da Luiza e até na estrada na cidade. Papai ajudou dando carona. Queria que ela se sentisse realmente bonita, e nada massageia tanto nosso ego quanto ter um monte de fotos novas e receber elogios dos outros. Nós nos divertimos bastante, e o melhor: em família. Eu não tinha tantas lembranças de momentos assim. Agora teria.

***

No dia seguinte, a campainha tocou quando todos estavam sentados à mesa tomando café da manhã. Papai levantou para ver quem era, e eu tive um calafrio quando ouvi a voz do Marcos, o fotógrafo da festa. Havia chegado a hora da verdade!

Fui até a sala e o cumprimentei. Perguntei se estava tudo bem com a esposa e com o bebê. Ele abriu um sorriso típico de pai babão e me mostrou, numa câmera digital mais simplesinha, uma foto de um bebê fofo dormindo no berço da maternidade. Eu dei os parabéns para ele e, em vez de apenas lhe entregar o equipamento, pedi que fosse comigo até o computador, no meu quarto, pois eu queria mostrar as fotos. Meu pai e a Luiza subiram logo em seguida. Eu estava apreensiva, porque obviamente o Marcos ficaria muito chateado ao saber que seu equipamento não estava como ele deixou, mas talvez o resultado do meu trabalho amenizasse um pouco as coisas.

O computador já estava ligado e as fotos já estavam carregadas na CPU, a partir do CD-ROM. Naquela época, não existia ainda pen-drive (na primeira vez eu até fiquei alguns segundos que nem boba procurando a entrada USB!), e demorava muito para as fotos carregarem. Ainda bem que já estavam lá.

Para minha alegria, Marcos elogiou tanto as fotos que eu me senti mais segura quando fui contar o que havia acontecido no dia da festa. Ele ficou um pouco nervoso ao saber que eu não tomei os cuidados necessários, mas entendeu que a culpa da confusão não tinha sido minha. Ele até me disse que eu podia ficar com o dinheiro por ter feito o trabalho (porque eu quis devolver para cobrir pelo menos uma parte do dano), mas depois, quando ele aceitou a proposta, disse que o que eu trabalharia para ele durante meio período até o final das férias daria para compensar o estrago na câmera. Combinamos que no dia seguinte, terça-feira, eu iria ao estúdio de fotografia no começo da tarde. Até que a conversa com ele não foi tão ruim.

Minha mãe não gostou nada da ideia, mas papai a convenceu dizendo que eu deveria saber o preço das coisas e lidar com as consequências de meus erros. Aceitar o trabalho era uma forma de reparar as coisas. Meu pai sempre foi sábio.

***

Meu primeiro dia no trabalho foi muito cansativo, mas bastante divertido. O Marcos me explicou que, lá no estúdio, a maioria das fotos eram 3x4 ou book de criança, mas nos finais de semana aconteciam eventos como casamentos, aniversários e formaturas.

Meu primeiro cliente chamava-se Rafael. Era um bebê de dez meses cujos pais queriam as fotos para colocar na decoração da sua festa de um aninho. No começo, foi difícil acalmar o pequeno, ainda mais porque não sou experiente com crianças. Mas depois acabei pegando o jeito e não foi difícil tirar sorrisos dele. Assim como não foi difícil para ele tirar muitos meus.

Eu acabei surpreendendo todo mundo, já que sabia bastante de fotografia, mas, como nunca tinha trabalhado em um estúdio de verdade, me dei conta de que, para ser uma boa fotógrafa, não bastava saber usar todas as configurações da câmera ou capturar a essência da cena. Não adianta ter bom gosto se seu modelo simplesmente não para de chorar. É preciso saber deixar o outro à vontade.

Eu não deveria ter ficado feliz com a confusão toda que eu mesma arrumei na formatura, mas a ideia de trabalhar com fotografia ainda naquela idade me dava um pouquinho de esperança de que as coisas no futuro fossem diferentes. E eu estava cada vez mais empolgada com as novidades.

As festas de fim de ano chegaram rápido, e foi muito bom passá-las novamente com minha família e com os parentes que vieram festejar conosco. Natal e Ano Novo sempre foram animados na minha casa. Continuei trabalhando todos os dias no estúdio do Marcos, e só não tivemos mesmo expediente durante as festas.

Durante todo esse tempo, não me atrevi a acessar meu blog. Não tinha nada que me fizesse querer viajar no tempo de novo, mas eu não podia esquecer que, de alguma forma, eu não pertencia completamente àquele lugar. Só que eu tinha muito medo de fazer algo pequeno que alterasse o futuro drasticamente. Eu ainda não tinha a resposta.

Um dia, tomei coragem e abri apenas o painel de controle do blog. O espaço da senha continuava vazio, e logo abaixo continuava a mesma mensagem enigmática:

"No momento certo, você descobrirá a senha".

Fechei rapidamente a página para não correr o risco de abrir o blog diretamente. Mas comecei a acreditar que a minha missão ali ainda não estava completa.

7

*Não vale mesmo a pena abrir
mão de algo em que acreditamos
porque as pessoas ao nosso redor
não acham isso tão incrível.*

Na segunda semana de janeiro, eu estava voltando para casa muito entusiasmada com o que eu tinha feito e com as técnicas que eu estava aprendendo com o Marcos e cheguei saltitante, procurando todo mundo para contar o que tinha acontecido, mas só a Luiza estava em casa. Comecei a contar tudo o que eu queria desembestada, até que minha irmã me interrompeu:

— Anita, esqueceu que dia é hoje?

— Nossa, Lu, o que tem hoje? É dia 12... — eu estava um pouco confusa, até que lembrei. — Ai, minha nossa, o resultado do vestibular! Eles iam mandar o resultado da bolsa, se eu ganhei ou não, por e-mail, junto com o resultado da prova! Ainda bem que você me lembrou! — falei ao mesmo tempo em que saí correndo e subi as escadas, entrando rápido no quarto para ligar o computador.

A internet demorou uma década para funcionar, mas assim que apareceu o campo para eu colocar a senha do e-mail, o completei e as mensagens começaram a surgir na caixa de entrada. Spam, propaganda, spam, spam (isso não muda), até que apareceu a mensagem tão esperada que chacoalhou meu coração: a faculdade Estácio de Sá de Juiz de Fora estava me dizendo que eu tinha passado no vestibular e conseguido a bolsa integral no curso de...

Adivinha?

FO-TO-GRA-FIA!

Pulei na cama, fiz uma dancinha silenciosa, me descabelei inteira. Se aquilo não era uma mudança drástica na minha vida, o que mais seria? Respirei fundo, tentei assentar o desastre capilar e voltei a ler a mensagem. Estavam lá todas as instruções, e eu mal podia acreditar!!

Eu ia fazer faculdade de Fotografia!

Logo depois, entrei no site da Universidade Federal de Juiz de Fora (UFJF). Bom, teoricamente eu nem precisaria ir lá para confirmar: eu havia pegado uma vaga em Administração. Mas eu fui, só pra ter certeza de que algumas coisas nunca mudariam com minhas viagens no tempo. Eu não queria repetir minhas escolhas. Em minhas mãos estava a chance de me colocar no caminho de meus sonhos de uma vez por todas, e o momento da escolha seria aquele. Depois daquilo, tudo faria diferença.

Guardei a informação pelo tempo que pude. Claro que minha mãe não ia curtir a ideia de eu fazer a faculdade de Fotografia. Para ela, emprego de verdade é daqueles em que você fica atrás de uma mesa mexendo em papeis, inserindo dados em computadores e fazendo cálculos. Como eu já havia passado por aquilo, para mim Administração era sinônimo de infelicidade. Tenho certeza de que muitas pessoas podem se dar bem com isso e realmente gostar de um emprego desses. Mas comigo não funcionou, e não funcionaria novamente.

Meu pai foi a primeira pessoa para quem contei.

Falei para ele porque queria ter certeza de que alguém ficaria ao meu lado na hora de enfrentar a mamãe. Acho que em toda casa é assim, não é? Um dos pais é mais acessível, amigo e flexível. É óbvio que meu pai ficou chateado ao descobrir que eu fiz o vestibular da Estácio em segredo, mas também ficou orgulhoso em saber que minha nota foi tão boa que que me fez conseguir uma bolsa integral.

Em nenhum momento falamos sobre qual faculdade me garantiria um futuro mais estável, até porque eu teria todos os argumentos do mundo para dizer que Administração não servia para mim. Ele só quis ter certeza de que eu estava fazendo a escolha certa ao trocar a faculdade federal por uma particular, mesmo que com a bolsa. Papai acreditava que quem fazia a faculdade era o aluno, e não o contrário. Meus pais não teriam condições financeiras para me bancar em outra cidade e ainda pagar a faculdade, então, aquela era uma oportunidade única. Se eu realmente quisesse aquilo pra minha vida, eu deveria me esforçar.

Depois, a Luiza também me apoiou. Disse que eu deveria seguir minha intuição e contou que na faculdade onde estudava vários alunos são mais velhos justamente porque tentaram outros cursos e não se identificaram. Ela disse também que eu era nova demais para achar que toda a minha vida estaria definida ali. Eu quis contrariá-la pensei em discutir, mas achei melhor apenas escutar o conselho dela e agradecer. De certa forma, era gostoso ouvir que eu era "nova demais".

Combinamos que eu contaria a novidade mortal para minha mãe durante o jantar. Ela normalmente chegava em casa depois das 18 horas. Isso se os alunos barulhentos do colégio não arrumassem nenhuma confusão que a atrasasse.

***

– Por que todos vocês estão me olhando assim? A comida está ruim? – Ela tinha um radar para identificar quando nós queríamos falar alguma coisa. Quando eu era mais nova e tinha que mostrar alguma prova com nota baixa, nem adiantava tentar adiar ou esconder. Ela percebia na hora que havia algo errado.

Coloquei os talheres na mesa, pigarreei e mandei a bomba diretamente:

– O resultado do vestibular saiu!

– E por que você não me ligou pra contar? – ela perguntou, arregalando os olhos. – Estamos esperando por isso há meses!

– É que meio que saíram dois resultados. – Tentei preparar o terreno.

– Como assim?

– Eu passei em duas faculdades – falei bem rápido.

– Duas? Mas você só fez a prova da federal, certo?

– Então... É que eu fiz vestibular para dois cursos. Em duas faculdades diferentes. E um dos cursos é Fotografia, na Estácio de Sá de Juiz de Fora!

Ela olhou para o meu pai, provavelmente tentando descobrir se ele já sabia de algo. Mas ele mantinha a melhor expressão neutra das galáxias, olhando para as almôndegas em seu prato.

– Mas nós jamais teremos dinheiro pra te bancar lá, filha – ela disse, por fim. – Sinto muito. Eu achei que você já soubesse disso.

– Mas quanto a isso, tudo bem. Eu consegui bolsa integral, mãe. É a oportunidade da minha vida!

– Escute, Anita. – Ela afastou o seu prato com as mãos, no melhor sinal de "meu jantar acabou, agora estamos discutindo". – Eu não quero te ver trabalhando em estúdio meia boca pra sempre, trabalhando o dia todo e até nos finais de semana pra ganhar uma merreca... Você vai ficar tirando foto 3x4 a vida toda, Anita?

– Mas esse é só o meu primeiro emprego! Do que adianta ser rica e infeliz? Além do mais, fotografia é uma área cheia de possibilidades e só vai crescer com o passar dos anos.

– E como você tem tanta certeza disso? Você por acaso enxerga o futuro da fotografia, sabichona?

– Bom...

– Não dá pra viver disso por aqui em Imperatriz, minha filha. Você sabe muito bem disso. Eu te apoiei quando você decidiu fazer Administração porque não tinha nenhuma outra área em mente, por que está mudando de ideia agora?

– Eu não estou mudando de ideia agora. Estou deixando você saber de algo que eu sempre quis. Só mesmo alguém muito insensível para não perceber que é isso que me faz feliz.

– Eu aposto que foi aquele cara que colocou isso na sua cabeça, o fotógrafo! Esse trabalho não está sendo nada bom pra você. Preferia ter tirado dinheiro da nossa poupança para pagar a câmera, pelo menos não íamos ficar devendo pra gente que não tem juízo.

– É claro que não foi culpa do Marcos! Anita começou a trabalhar lá não tem nem um mês e a inscrição do vestibular aconteceu muito antes da formatura – disse meu pai, se impacientando com o rumo da conversa. – Não fale besteira! Ela nem conhecia o moço quando se inscreveu!

– Não interessa. Independentemente de quem foi o dono dessa ideia torta, me expliquem: quem é que vai pagar o material dessa menina? Até onde eu sei, "bolsa integral" é a mensalidade grátis, mas você ainda vai precisar do equipamento, das apostilas...

– Eu conversei com o Marcos e ele disse que vai me deixar ficar com a câmera quebrada que eu consertei. Os clientes do estúdio estão muito contentes com o meu trabalho, sabia? Ah não, você não sabia. Você nem se importa em me perguntar do meu trabalho!

– Não fale assim comigo, menina!

– Vocês duas, por favor, se acalmem! – papai disse, tentando colocar um fim na briga.

– E não se preocupe, pois eu não vou precisar do seu dinheiro. Por indicação do Marcos, eu consegui um emprego em um estúdio lá de Juiz de Fora. Não é muito, mas o bastante pra dividir apartamento com alguém e sobreviver.

– Não fale bobagens, menina. Você não tem a mínima ideia do que está dizendo. Acha que a vida é simples como nessas séries que você assiste na televisão, em que as pessoas sem juízo são felizes? Isso é temporário. Você tem que pensar no seu futuro!

– Chega. – eu disse, calma, e levantei da cadeira. Se eu tivesse 17 anos de verdade, talvez eu tivesse começado a gritar e a espernear. Mas eu não ia discutir sobre aquilo. Eram minhas escolhas em jogo, minha felicidade, e ninguém ia se colocar entre mim e elas. – Eu estou fazendo tudo isso justamente porque estou tentando mudar o meu futuro.

***

Desde aquele jantar, o clima não ficou dos melhores lá em casa, então decidi que seguiria o meu caminho e cumpriria minha missão independentemente do resto. Eu queria fazer faculdade. Queria que a fotografia estivesse mais presente na minha vida. Queria também realizar minhas metas profissionais e, para isso, eu teria que passar por quase tudo aquilo de novo, mas tomando decisões diferentes.

Minha primeira semana em Juiz de Fora foi bem corrida. Sair da casa dos pais é sempre muito mais burocrático do que libertador. Você acha que está dando um passo em direção à total independência, mas percebe que ainda precisa deles para fazer absolutamente tudo. Por sorte, eu não tinha de fato 17 anos apenas, e já possuía bastante experiência com muita coisa, então consegui resolver tudo sozinha.

O que eu mais gostava naquela cidade era o fato de ser relativamente grande, mas com um ar de interior. Você tem o melhor de dois mundos em um único lugar. Se bem que eu não pensava assim quando morei lá pela primeira vez. Aos 17 anos, eu achava muito chato cruzar com conhecidos a cada esquina e ter que me preocupar o tempo todo se aquilo chegaria ou não aos ouvidos dos meus pais.

A mentalidade das pessoas que moram no interior é muito diferente da das que vivem nas capitais. Além disso, na época eu queria muito conhecer pessoas novas, pessoas que não conhecessem as pessoas que eu conhecia, para ser mais exata. A maioria dos jovens de cidades daquela região de Minas Gerais tentavam ingressar na Federal de Juiz de Fora, então acabei me dando conta de que aquela era uma tarefa quase impossível. Mas a parte boa de morar lá compensava bastante. Só precisei de um tempinho para me dar conta disso.

A primeira providência que eu tomei foi procurar na internet alguma república que não ficasse muito longe da faculdade e do estúdio onde eu ia trabalhar. O ideal era que estivesse mais próxima do centro, mas que não fosse cara, claro. Tive que ligar para mais de quinze lugares diferentes até conseguir encontrar um com vaga disponível. Achei em uma república onde morava uma menina que se descobriu grávida, teve que trancar sua matrícula e deixou a vaga. Não cheguei a conhecê-la, mas falavam tão bem dela que senti vontade de sermos amigas e até de comprar um presente para o bebê. Isso depois de passado o medo de substituir alguém tão legal.

Aquela era uma situação completamente nova para mim, já que "da outra vez" minha mãe conseguiu uma vaga no apartamento da filha de uma amiga que já morava em Juiz de Fora. Nós nunca nos aproximamos, ela era mais velha e andava com outra turma, outro tipo de gente. Daquela vez, preferi não morar com a mesma pessoa, porque o aluguel era mais caro, eu não queria envolver minha mãe e eu realmente queria mudar o rumo da minha vida profissional.

Em algum momento da minha vida eu achei que seria incrível conhecer pessoas novas e estar mais perto delas, mas, com uma semana vivendo com dez garotas completamente diferentes e compartilhando o banheiro, a televisão e as panelas, eu descobri que é muito complicado lidar com o outro enquanto você ainda está se descobrindo. São tantas manias, regras, medos, inseguranças, roupas espalhadas pela casa e, adivinhem, sim, TPM. Muita TPM! Nunca queira estar perto de dez garotas com TPM praticamente sincronizadas.

Ok, olhando pelo lado positivo: era como se tivéssemos uma Páscoa a cada mês. Todo mundo comia chocolate sem dó nem piedade. E quem poderia julgar, não é mesmo? Das meninas que moravam na república, a que mais se aproximou de mim foi a Flávia. Ela era extremamente carismática e positiva, mas vivia no mundo da lua. O que eu mais gostava nela era a sua filosofia de nunca se levar tão a sério. Isso fazia dela uma pessoa leve e sempre sorridente. Flavinha tinha cabelo cacheado na altura dos ombros, pele bem morena e lábios grossos. Fazia muito sucesso entre os garotos na rua por conta do seu corpão tipicamente brasileiro, só que ela não era de dar mole para brincadeirinhas. Não lembro qual foi o assunto da nossa primeira conversa, mas acho que talvez eu tenha elogiado sua maquiagem. Ela cursava Estética e, por isso, foi eleita oficialmente a guru de beleza da república. E ela dividia o beliche comigo.

O estúdio onde eu comecei a trabalhar era bem maior do que o de Imperatriz. Ele ficava espremido entre as centenas de lojas no calçadão da rua 13 de maio, e tinha três andares. O primeiro deles era onde os funcionários recebiam os clientes e as fotos mais simples, 3x4 e para passaporte, por exemplo, eram tiradas. As paredes eram preenchidas por quadros e fotografias de clientes. O segundo andar, onde eu passava a maior parte do tempo, era dividido em três salas, cada uma com várias lâmpadas, um fundo infinito, uma penteadeira com um espelho cheio de pequenas luzes em volta e um trocador de roupa.

No terceiro andar ficava a parte administrativa da empresa e a de edição. Cada um dos fotógrafos tinha um computador e uma mesa. Menos eu. Marcos disse que conseguiria um emprego para mim e que o salário seria o suficiente para eu me virar, mas não me contou direito o que eu ia fazer. Nas primeiras semanas, acabei trabalhando como ajudante de um dos fotógrafos, justamente porque não havia vaga para mais um funcionário. É óbvio que eu queria colocar a mão na massa e fotografar aquelas pessoas, mas não me senti no direito de reclamar, já que aquela oportunidade foi o que me permitiu cursar a faculdade que eu queria.

Ah, a faculdade! Meu primeiro dia na Estácio foi mais tranquilo do que eu imaginava. Primeiro, porque lá o trote era bem diferente do que eu tive que enfrentar na UFJF. Em vez de tinta e brincadeiras de mau gosto nas ruas do centro, com muita humilhação, havia o que os diretores chamavam de trote solidário, com direito a shows, gincanas, palestras e, no final do dia, doação de sangue.

Foi realmente divertido! Conheci as pessoas que seriam da minha sala, as matérias que íamos cursar no primeiro período e alguns dos professores. Eu conseguia perceber que estava no lugar certo porque o assunto com as pessoas nunca acabava. Tudo era interessante. Tudo tinha a ver comigo. Tudo gerava mais conversa.

Voltei para casa naquele dia fazendo muitas comparações. As coisas estavam indo muito bem, mas eu sabia que estar ali, mudar definitivamente aquela parte da minha história, significaria continuar mantendo o Henrique longe de mim. Decidi que seria o mais correto a se fazer, já que toda vez que eu tentava modificar as coisas para ficar junto com ele, tudo parecia piorar.

Eu precisava pensar um pouco em mim e nos meus próprios sonhos. O amor é importante na vida de uma pessoa, principalmente nas novelas, onde no final todo mundo se casa ou tem filhos, mas a vida não é uma novela. Se a pessoa não acreditar em si mesma e batalhar pelo que vale a pena, todo o resto será insuficiente. Só pensar nunca muda nada. Uma vez ouvi alguém dizer que "vida é aquilo que acontece enquanto você faz grandes planos". Pois é.

Eu poderia pensar no Henrique o quanto eu quisesse e esse foi o jeito que encontrei de não me sentir tão só, mesmo com toda a mágoa que eu guardei. Eu tinha lembranças boas e ruins para preencher minhas divagações. Todo dia, antes de dormir, eu vestia minha roupa mais confortável e ficava me lembrando em silêncio das coisas que passamos juntos na época da faculdade. Mas aí voltava nos meus pensamentos aquele curto período em Paris em que um problema chamado Kate Adams entrou pela porta. Ai, droga! Doía tanto pensar naquilo! Ninguém me diria as coisas que ele disse ou faria as coisas que ele fez – e eu estou falando tanto do Henrique amigo quanto do Henrique amor.

A pior parte de guardar um segredo é não poder pedir a opinião de outras pessoas sobre o que fazer. Eu queria muito saber o que as meninas da república fariam no meu lugar; então, comecei a criar suposições. E eu nem precisava ir muito longe para esconder os fatos. Afinal, quem acreditaria na minha história?

Um dia, me arrisquei a perguntar.

– Ei, Flávia. Assim... Se você pudesse voltar no tempo e apagar uma pessoa da sua vida por saber que os dois vão sofrer se tentarem ficar juntos, você faria isso?

Flávia estava tirando esmalte dos pés para trocar de cor, com um potinho de acetona e cheia de algodões a sua volta. Ela riu antes de me responder.

– Uau, que pergunta! Bom, toda vez que eu termino com alguém me dá vontade de apagar a pessoa da minha vida. Mas vai por mim, isso nunca funciona. A gente não escolhe o que vai esquecer e o que vai lembrar.

– Certo. Mas e se você pudesse?

– Acho que eu não apagaria. Se eu pudesse voltar no tempo, eu diria mais coisas. Guardar tanta mágoa me fez abrir a geladeira muitas vezes no meio da madrugada. E resolveu? Não, não resolveu. Eu sempre ganho uns três quilos toda vez que tento superar ou esquecer alguém. Então, eu deixaria todo o meu orgulho de lado e diria tudo o que tivesse vontade. E que se dane o que vão pensar! Ninguém paga minhas contas mesmo.

– Mas não seria mais fácil se você simplesmente escolhesse não conhecer mais essa pessoa?

– Mas se a gente apaga alguém da nossa vida, apaga também uma parte da gente.

Ai. Essa doeu.

– Tenho quase certeza de que já li isso em algum lugar.

– Pode ser. Tá vendo aqueles livros ali? – Com o palito que usava para remover o esmalte, ela apontou para a estante que ficava ao lado na nossa cama. – Tudo o que eu disser e parecer um pouco profundo foi tirado de lá.

– Legal. Então quer dizer que você gosta de ler?

– Eu leio por pura covardia, pra fugir da realidade mesmo. Quando minha vida está uma droga e as pessoas não me compreendem, eu escolho um personagem por quem me apaixonar. Dura pouco, às vezes uma noite, mas ainda é melhor fazer isso do que ir pra balada. Gasto menos dinheiro e me distraio, pelo menos até conhecer alguém legal por quem eu me interesse de verdade, e não que eu tenha visto por menos de cinco minutos.

– Concordo plenamente com você. Esse é um bom tipo de covardia. – Fiquei feliz em saber que eu não era a única garota do mundo que pensava daquele jeito.

– Não se sinta tão pressionada pelo mundo, Anitinha. Ele gira o tempo todo, mas é só você que pode escolher a direção que vai andar.

– É – suspirei, resignada. – Você tem toda razão.

– É o que dizem! – Ela terminou de passar esmalte vermelho em uma unha do pé. – Você bem que poderia pagar essa sessão grátis de terapia com um brigadeiro de colher, hein? Você tem Nescau guardado na sua parte do armário? Comprei leite condensado semana passada. Podemos nos unir e criar algo que torne essa conversa mais interessante.

E assim, com a unha secando e muitas calorias, terminou a minha primeira semana em Juiz de Fora. Um saldo positivo, eu diria: ganhei uma nova amiga, um emprego legal e a faculdade dos meus sonhos. E talvez uns três quilinhos tentando superar ou esquecer alguém. Mas acho que valeu muito a pena.

**

Tem dias que a gente acorda com mais saudade que o normal. É como se durante a noite tivéssemos sonhado com a pessoa e pela manhã a única coisa capaz de tirar aquele aperto do nosso peito é a presença dela. Como aquilo não era algo possível para mim, tive de me contentar em visitar um dos lugares em que eu e o Henrique sempre passeávamos na época de faculdade. Era uma praça cheia de carrinhos de pipoca, árvores e bancos. E ficava ao lado do ponto de ônibus em que nos encontrávamos para ir até a faculdade juntos.

Depois do segundo ou terceiro dia, aquilo virou praticamente um ritual. Eu sempre passava lá para pensar nele. Era o caminho mais longo, mas eu nem ligava. Eu tentava me enganar fingindo que só estava ali porque as boas lembranças pareciam mais vivas dentro de mim, mas, na verdade, eu ficava reparando nos garotos e procurando traços do Henrique em cada um deles, no cabelo, na roupa, no jeito de falar... Não o encontrei. Talvez porque ele só fosse até aquele ponto, que era mais perto da minha antiga casa do que da dele, para me fazer companhia. Estranho mesmo é eu nunca ter notado isso. Ai, Anita!

No final de semana seguinte eu tive que ir até o shopping Independência fotografar o lançamento da nova coleção de uma loja de roupas. Foi um trabalho bem tranquilo, as modelos que estavam desfilando eram lindas e o ambiente era bem agradável. O único problema foi que as comidas que serviram lá eram daquelas muito sofisticadas, nas quais misturam doce e salgado. Até tentei experimentar, mas não gostei muito, não. Bateu a saudade do estrogonofe da minha mãe, mesmo que acompanhado de uma discussão durante o jantar.

Tive que engolir a comida esquisita mesmo assim. Não importava se eu tinha 30 ou 17 anos, meu paladar continuava sendo o de uma criança, e nada cai melhor do que batatas fritas do McDonald's. Foi isso o que eu fiz. Assim que a sessão de fotos acabou, fui para a praça de alimentação, implorando por algo que eu pudesse comer sem fingir que estava gostando. A fila estava enorme, mas a minha fome era ainda maior.

Eu procurava distraída algumas moedas que haviam caído no fundo da bolsa quando ouvi uma voz estranhamente familiar. Olhei rapidamente para trás, por cima do ombro, e tive toda certeza: era o Henrique.

Mas ele não estava sozinho.

A sensação de estar perto dele e não poder fazer nada era sufocante. Eu não sabia para onde olhar, o que fazer ou como agir. O pior é que eu estava certa de que aquilo que borbulhava dentro de mim não era recíproco. E nem tinha como ser! Pela terceira vez, as viagens no tempo me fizeram ficar cara a cara com o homem que eu amava em situações em que eu continuava sendo uma completa desconhecida para ele. Nem todo esforço do mundo me ajudaria naquela situação.

Esquecer é difícil, mas ser esquecida é ainda mais triste. Às vezes, a vontade de mostrar para o outro o que se passa dentro da gente simplesmente não vai embora. Eu tinha tanta coisa para dizer, tanta vontade de mudar o futuro, mas sabia que nada deveria ser dito ali. Os riscos eram grandes demais, e eu estaria sendo egoísta se fizesse algo que atrapalhasse o futuro profissional dele. O futuro era tão frágil!

Outra coisa me deixou inquieta. Ele estava na fila do McDonald's do shopping com uma garota chamada Jéssica. Lembro vagamente dela, acho que o apelido dela na faculdade era Jess – nossa, que original! –, mas sei que nós nunca fomos amigas, porque o Henrique certa vez me disse que ela só era legal com os *nerds* para conseguir ajuda para passar de ano, e que fora da faculdade ela simplesmente os ignorava e não tinha paciência nenhuma para esse tipo de gente.

É óbvio que eu fiquei com raiva dela e desde então começei a virar a cara quando nos esbarrávamos no refeitório da faculdade. E agora ela estava ali ao lado dele. Fora da faculdade. Rindo de sei lá o quê.

Fechei os olhos e tentei prestar atenção no assunto, mas nessa hora acabei esquecendo das moedas na minha mão. Elas caíram no chão e saíram rolando em todas as direções. Soltei um palavrão em voz alta, me agachei e comecei a catar uma por uma. Sou desastrada até nos momentos mais inconvenientes!

Ou aquilo também poderia ser chamado de destino?

O Henrique se abaixou para ajudar e, naquele momento, nossos olhos inevitavelmente se cruzaram. Não sei exatamente quanto tempo isso durou, mas era como se nós dois estivéssemos congelados ali. Eu não tive coragem de abrir a boca para dizer nem uma palavra, mas sorri e senti minhas bochechas coradas.

Seus cabelos estavam ainda mais cacheados e havia algumas marcas de espinhas na sua bochecha. Ele ainda usava aparelho. Mas posso dizer? Eu achava o sorriso dele ainda mais lindo de aparelho. Talvez ele fosse a única pessoa no mundo que ficava bem usando quadradinhos de ferro nos dentes.

Ele me entregou as moedas, e eu, com a voz trêmula, agradeci. Fiquei paralisada e só fui me dar conta de que já era a minha vez no caixa quando a moça de uniforme gritou.

Toda a minha fome havia desaparecido. Meu estômago estava meio embrulhado, mas eu precisava pedir alguma coisa; afinal de contas, eu não tinha ficado ali naquela fila apenas para derrubar dinheiro no chão e ficar constrangida por reencontrar alguém que nem me conhecia. Notei que ele ainda estava me olhando quando peguei a bandeja, e comecei a rodar a praça de alimentação em busca de uma mesa vazia. O shopping estava cheio e barulhento, como sempre. Isso me fez lembrar de que não gosto de comer em lugares públicos sozinha, porque fico com a sensação de que falhei na vida, de que não tenho companhia nem para um almoço. Claro, isso é uma grande bobagem sem fundamento, mas duvido que sou a única a pensar algo assim.

Antes de sentar, olhei meu reflexo no espelho da coluna ao meu lado só pra saber como ele estava me enxergando. Equilibrei a bandeja em uma das mãos para conseguir colocar os fios da minha franja no lugar. Eu estava bem básica. Usava uma calça jeans justinha, All Star vermelho de cano alto e um moletom cinza. Saí de casa depressa e não tinha passado quase nenhuma maquiagem. A verdade é que naquela idade eu não precisava esconder nada, apenas realçar os traços de que eu mais gostava. Tive que envelhecer alguns anos para me dar conta de que aquele era o auge da minha vida. Meus cabelos eram longos e ruivos. No sol, parecia que os fios estavam pegando fogo, e cabelos daquela cor não eram comuns naquela cidade. As pessoas sempre me olhavam duas vezes.

Henrique pegou o lanche, mas, ao contrário de mim, pediu para viagem. Ele e a garota foram caminhando com pacotes nas mãos até a escada rolante, quando eu os perdi de vista. Engoli o almoço e saí logo depois, para dar uma volta rápida nos três andares do shopping, como quem não quer nada... Tudo bem, talvez eu tenha feito isso algumas vezes, a ponto de os seguranças começarem a estranhar a garota que dava inúmeras voltas pelo lugar sem comprar nada. Acabei aceitando o fato de que eles provavelmente já tinham ido embora.

Na volta para casa, enquanto via as ruas e os bairros passarem por mim, foi inevitável não pensar nas histórias quase esquecidas da época de faculdade que aquela cidade ainda guardava. O pior era imaginar que sempre que elas deixavam de acontecer naquela realidade, elas também passavam a ser apenas lembranças de algo que nunca chegou a acontecer. O resultado disso era triste e ao mesmo tempo óbvio: meu Henrique, que viveu tudo aquilo comigo e que se formou na mesma época que eu, deixaria de existir definitivamente. Todas as viagens no tempo que fiz até aquele momento seriam feitas a partir do último post do blog. Se eu passasse por aquele momento da minha vida sem o Henrique, as chances de as coisas voltarem ao normal acabariam.

O lado bom é que a nova versão dele tinha um futuro muito mais promissor, sem contar que ele não sofreu a vida toda por gostar da melhor amiga que só enxergou isso tarde demais. Quem sabe, naquela realidade, a Jess não tivesse sido a grande amiga dele? Ou será que logo nas primeiras semanas ela já estava precisando de nota? Todas aquelas perguntas continuavam martelando na minha cabeça, mas as respostas talvez nunca chegassem. E nem sei se deveriam.

Eu estava muito triste. A primeira coisa que fiz quando cheguei em casa foi ligar o computador. A Flávia não estava no quarto, então tranquei a porta e tomei coragem: digitei o endereço do blog. Aquilo tinha que me levar de volta!

Mentalizei as coisas boas que me esperavam no futuro: minha gatinha Catarina, que eu não via fazia um tempão, a companhia do Joel e seus ótimos conselhos e a minha casa bagunçada, que eu não precisava dividir com ninguém. Eu gostava das meninas, mas nada como nosso próprio cantinho, com a nossa cara e nosso jeito.

Eu queria que o tempo passasse para saber se todo o meu sacrifício de não me aproximar do Henrique, de vê-lo de longe e não fazer nada para que nos "conhecêssemos antes do tempo" naquela realidade, mudaria alguma coisa no futuro. Ao que parecia, minha missão ali estava cumprida. Assim que a página do blog carregou na tela, tive a sensação de que meu corpo estava sendo rasgado ao meio.

Funcionou!

Eu realmente estava ficando boa naquilo.

8

No começo, todo cupido é meio destreinado ou distraído. Aponta pra cá, escorrega, vira uma cambalhota no ar, atira pra lá e, no final, sem querer, acerta três ou mais pessoas ao mesmo tempo.

Quando abri os olhos, minha cabeça doía um pouco, mas era uma dor diferente, uma pressão forte parecida com a de quando estamos dentro de um avião decolando. Quando dei por mim, eu estava de volta à sala do meu apartamento, em São Paulo, em 2015.

Mas espera, que sala era aquela? A estrutura era a mesma, as paredes estavam no mesmo lugar, mas todo o resto estava diferente. A disposição dos móveis era outra, e quando eu reparei melhor, os móveis também eram outros, mais modernos, com linhas mais retas. A cor da parede era mais escura, e tudo tinha um ar mais *clean*. O que mais me chamou a atenção foi que a casa estava cheia de livros e objetos de arte customizados, e havia muitas fotos por todos os lados, em painéis, pôsteres, porta-retratos e até em uma montagem lindinha em um varal. Mas tudo era mais minimalista e atual.

Aquilo me fez pensar que minha vida parecia aquela sala. A estrutura continuava a mesma, mas o que estava dentro tinha mudado radicalmente. Mais uma vez, eu teria de me readaptar a coisas que, teoricamente, já deveriam ser familiares para mim e com as quais eu iria conviver todos os dias.

Depois de me situar em minha nova casa, a lembrança do que havia acontecido naquela realidade começou a voltar, da mesma maneira que acontece quando acordamos de um sono profundo e vamos nos dando conta, aos poucos, de onde estamos, quem somos e o que fizemos. Eu era Anita, tinha 30 anos, estava em casa e tinha acabado de chegar de uma viagem para a França.

Fui lavar o rosto e me recompor antes de ir até o apartamento do Joel. O espelho me garantiu que pelo menos eu estava apresentável para alguém que voltou de uma longa viagem. No tempo.

Toquei a campainha morrendo de pena de acordar meu amigo, mas não demorou nada até o Joel abrir a porta. Abriu um enorme sorriso e foi falando animado, fazendo a maior festa.

– Olha só quem voltou!! – Ele deu um passo para a frente e colocou os braços ao meu redor, em um abraço forte e confortável. – Que bom que você está aqui! Fez boa viagem?

– Sim, foi tudo bem. É bom estar de volta! – Eu fiquei até constrangida com tanto carinho.

Senti algo pulando em mim e querendo fazer parte daquelas boas-vindas: Fred.

– Ah, Fred, vem aqui, temos que comemorar mesmo, não é? – Acho que o cachorro ficou ainda mais empolgado ao me ver abraçada com seu dono. Latia e pulava nas nossas pernas sem parar.

– *Oi* pra você também, Fred! – eu disse, fazendo carinho na cabeça do cão.

– Vem, entra, não vamos ficar na porta – disse Joel, pegando Fred no colo e abrindo passagem para mim.

Eu já fui olhando ao redor procurando minha gata.

– Cadê a Catarina? Ela deu muito trabalho?

– Quem?

– Como quem? Para de brincar com coisa séria! – eu dei um tapa leve no braço dele, rindo. – Quero matar a saudade da minha amiga felina.

– É você que está brincando! Gata? Está falando sério mesmo?

– Lógico. – Isso me preocupou, ele não parecia estar brincando.

– Calma aí. Você não está me confundindo com outro amigo, não? Eu nunca soube que você tinha um gato no apartamento.

Fiquei paralisada por alguns segundos. Minha cabeça deu um nó.

Comecei a tentar entender por que a Catarina não era mais minha gatinha. Pensa. Pensa. Pensa. Então me lembrei do dia em que a adotei. Minha mãe não deixava eu ter animais, uma coisa que eu sempre quis, e a primeira coisa que fiz quando cheguei em São Paulo foi ir a uma grande loja que tinha uma seção de adoção de animais. Quando vi aquela gatinha preta, bem filhote, dormindo dentro de um potinho de ração e precisando de um lar, não resisti. Eu me apaixonei no primeiro momento e a levei para ser moradora fixa da minha casa. Com a última viagem no tempo, graças à mudança de curso na faculdade e à modificação da minha postura em relação à minha mãe, as coisas se alteraram. Eu nunca cursei Administração, não fiz o que minha mãe queria e, consequentemente, nunca cheguei a adotar a Catarina.

Meus olhos se encheram de lágrimas, e o Joel ficou sem entender o que estava acontecendo. Apenas me abraçou e me fez sentar no sofá. Fred ainda estava um pouco agitado, mas depois de uma bronca acabou indo deitar em um cantinho da sala.

– Catarina era sua gatinha?

– É – suspirei. – Ela era.

– Você nunca me falou dela! Mas você não sabe onde ela foi parar?

– Não. Ela foi minha há muito tempo – menti, inventando uma história para não parecer louca demais –, mas tive que doá-la. Ela não aguentou ter que ficar tanto tempo sozinha no apartamento enquanto eu trabalhava. Lembrei dela quando cheguei de viagem e, por algum motivo, achei que ela estivesse com você. Essa viagem foi um pouco pesada para mim, e junto com o sono... estou um pouco atordoada, acho que acabei confundindo as coisas.

– É, deve ser isso. Bom, aqui somos só eu e o Fred. Mas se você precisar de ajuda pra encontrá-la novamente...

– Eu não sei se isso será possível. Ela era um bebê, e eu não tenho mais o contato da pessoa para quem eu doei na época. Acho que nunca mais vou ver minha gatinha. – Comecei a chorar de verdade.

– Ah, Anita... Não fica assim. – Ele colocou minha cabeça em seu ombro e me abraçou. Me senti muito acolhida.

– Eu sei de vários abrigos que doam gatos. Podemos ir até um deles quando você estiver a fim, o que acha? O gato que você adotar não será exatamente igual à sua Catarina, mas tenho certeza de que te dará tanto amor quanto ela.

Eu sei que ele estava tentando ajudar, mas eu não queria ouvir nada daquilo. Não queria enfrentar a realidade de não ter mais perto de mim seres queridos, por eles nunca haverem existido. Era como se eu estivesse perdendo partes da minha vida. A cada momento, algo de ruim acontecia e alguém deixava de fazer parte da minha história, e eu me sentia mais solitária. Era triste pensar que eu ia voltar para o meu apartamento e constatar que a Catarina nunca mais estaria lá. Eu não fazia a mínima ideia de onde ela poderia estar, mas torci muito para que uma pessoa legal a tivesse adotado e que ela estivesse sendo feliz em outro lar.

O Joel parecia querer me animar.

– Posso te dar uma boa notícia pelo menos? – ele perguntou, ainda sem me soltar.

– Se for que eu ganhei na loteria eu posso até me alegrar...

– Não. Ainda não. Você nem jogou pra ganhar, bobinha! – Ele riu, beijando minha testa e se afastando um pouco para falar olhando nos meus olhos. – Ontem, depois que você me mandou aquelas fotos por e-mail, eu não resisti e já encaminhei para o pessoal da agência, e eles ficaram muito impressionados com o resultado final do seu trabalho.

— Jura? — Eu até me aprumei no sofá, para prestar mais atenção.

— Sim. E eles me disseram que estão pensando em efetivar você.

— Efetivar, você diz, eles estão pensando *mesmo* em me contratar de verdade? — perguntei, arregalando os olhos. — Com carteira assinada e tudo?

— Parece que sim! Eles me pediram para encaminhar seu currículo e portfólio, o mais atualizados possível, e pediram para te dizer que querem fazer uma reunião com você amanhã mesmo, segunda! Eu achei ótimo sinal, porque mesmo já sendo 22 de dezembro, ainda assim querem conversar.

— Ai Joel, não acredito! Essa é a melhor notícia que alguém poderia me dar agora! — Agarrei-o pelo pescoço e dei um beijo em sua bochecha. Obrigada! Você é mesmo um anjo na minha vida!

— Que nada, Anita, você é competente! E pelo tanto de cursos que fez, tenho certeza de que é a pessoa perfeita para o cargo.

— Já pensou? Nós vamos trabalhar na mesma empresa!

— Calma, vai ser quase isso. A maioria dos seus trabalhos provavelmente vão ser externos, mas a gente com certeza vai participar das mesmas reuniões de conteúdo e criação. Eles querem que a revista seja mensal e fale muito mais do que apenas sobre os pontos turísticos, sabe? A ideia é falar sobre tudo o que está rolando no mundo e por que as pessoas devem visitar determinado país. Você entra com a sua visão e vai mostrando com a fotografia o quanto os lugares e as pessoas que vivem neles podem ser incríveis. Ou seja, eles precisam de alguém incrível pra fazer coisas incríveis. Você!

— Você não está brincando, né? — perguntei, enrubescendo com o último elogio.

– Eu nunca falei tão sério em toda minha vida. Mas vamos esperar a reunião amanhã, deixa eles olharem o resto das suas fotos, e eles mesmos vão te dar a boa notícia. Espera, vou te dar um cartão com o número e o e-mail do meu chefe, como ele pediu, pra você confirmar a reunião de amanhã. O Joel levantou, foi até um móvel, abriu uma gaveta e me entregou o retângulo de papel, que para mim era o passaporte para uma nova etapa incrível da minha profissão.

– Ai, Joel, como eu vou conseguir te agradecer algum dia?

– Ah, a gente vai achar uma maneira. – Ele sorriu e deu uma piscada de olho muito charmosa. – Mas, falando sério, eu tenho muito orgulho de você. Eu te admiro muito por ser uma profissional tão boa.

– Ah, eu que não sei o que seria de mim sem você, Joel. Juro. Muito obrigada mesmo!

– Assim que a gente tiver a confirmação da sua contratação, vamos comemorar, hein?

Eu estava até sem jeito por tudo o que o Joel fazia por mim, e nem sabia mais o que dizer ou fazer para agradecer. E já ia voltar para o meu apartamento, mas ele ainda me fez tomar café da manhã com ele, preparado com o maior carinho, com sucos, café genuinamente brasileiro ("Lá na França eles não sabem fazer café como nós", Joel disse), frutas e pão de queijo ("Você deve ter sentido falta"), e me fez contar todos os detalhes da viagem. Em determinado momento, ele fez a pergunta inevitável:

– Mas e o tal cara? Pelo que eu me lembre, ele era o motivo dessa viagem e você não comentou nada dele até agora.

– Ai, Joel... Difícil... Vamos dizer que com ele as coisas não aconteceram exatamente como eu imaginei, mas serviram pra eu descobrir o verdadeiro motivo da minha viagem.

– E eu posso saber qual é?

– Pode sim. Essa viagem foi importante pra eu rever as prioridades na minha vida e pra ter certeza de que deveria mesmo ir atrás dos meus sonhos.

– Então eu acho que foi a melhor coisa que poderia ter acontecido – Joel falou com grande convicção.

Voltei para o meu apartamento mais feliz e entusiasmada para enfrentar tudo o que viria.

***

Era segunda-feira, 11 horas da manhã, e eu me encontrava sentada na recepção da agência aguardando a reunião que definiria meu novo trabalho. Eu estava muito contente e entusiasmada por descobrir que a agência de publicidade se localizava na avenida Paulista. Quando me mudei para São Paulo, esse era um dos meus maiores sonhos: trabalhar no famoso e inquieto símbolo da cidade. Achei incrível aquele ambiente, a vista pela janela, tanta gente concentrada em ser bem-sucedida, o pessoal descolado e bem arrumado com roupa de trabalho, tudo era muito estimulante. E eu estava um pouco nervosa, porque aquela reunião iria definir boa parte do que seria minha vida dali em diante. Não era a primeira vez que eu fazia uma entrevista de emprego, claro, mas essa era a primeira em que eu me importava demais que desse certo.

A recepcionista me chamou para a sala de reuniões e me pediu para aguardar um pouco, a pessoa que ia me entrevistar já entraria. Uma copeira de uniforme deixou à minha frente água e café, e dois minutos depois um homem jovem, de uns 35 anos, com uma roupa ao mesmo tempo elegante e despojada e cabelo penteado para trás com gel, entrou segurando alguns papéis e se apresentou.

– Oi, tudo bem? Você é a Anita Rocha, certo? – Ele estendeu a mão para me cumprimentar e já se sentou à minha frente.

– Sim, sou eu mesma. – Sorri e também estendi minha mão.

– Pois bem, Anita, meu nome é Guilherme, sou o diretor de criação aqui da agência e estou com seu currículo e com seu portfólio. Nós recebemos também hoje mais cedo todas as fotos que você fez e mandou pelo Dropbox, referentes ao trabalho em Paris. Ficaram muito boas, hein? Parabéns pelo bom trabalho!

– Ah, que bom! Obrigada. – Eu não sabia direito como me comportar, ainda estava tentando entender quanto e quando eu deveria falar para me sair bem.

– Bem, o Joel deve ter comentado, nós trabalhamos bastante com *freelas*, mas estamos procurando uma pessoa fixa para vários *jobs* que temos contratados, e você tem o perfil muito adequado, muito alinhado com o profissional que buscamos. Por isso, chamamos você aqui para uma entrevista, estamos falando com vários candidatos, como você deve imaginar.

De um jeito muito profissional, que demonstrava que era experiente e seguro, ele me falou do perfil do cargo, do que eles esperavam do contratado, e também do salário (que era maior até do que eu imaginava e, para mim, era maravilhoso). Então, começou a fazer diversas perguntas sobre meu histórico profissional, sobre os cursos que eu fiz, sobre meus conhecimentos técnicos sobre equipamentos e fotografia, e também me perguntou algumas coisas típicas de entrevistas de trabalho, sobre desafios, proatividade, trabalho em equipe, etc. Senti que ele alternava perguntas simples com algumas bem complicadas, certamente tentando me colocar em situações difíceis para ver como eu me saía.

– Anita, você tem disponibilidade para viajar, para fazer trabalhos em outros lugares e países, certo? Porque a vaga exige isso, já que estamos falando de fotos de turismo.

– Sim, não tenho nenhum problema com viagens, tenho total disponibilidade, inclusive para viagens internacionais, como essa da França – respondi, pensando que adorava que fosse assim.

Quando terminei aquela frase, o telefone que estava ao lado dele tocou. Ele pediu licença para atender, e vi que respondia com monossílabos, parecendo um pouco desconcertado.

Mas desligou rapidamente. Então, disse uma frase que me deu a ligeira impressão de que aquela ligação tinha algo a ver com a entrevista.

— É, Anita... bem... eu... gostaria de dizer que você está contratada.

— Contratada?! — Fiquei tão desconcertada quanto ele, pois não esperava que a resposta fosse assim tão rápida, e já naquela entrevista.

— Sim, seja bem-vinda ao time! Bem, quanto ao início de suas atividades... Na verdade vamos agora entrar em recesso de fim de ano, e voltamos depois das festas de Natal e Ano Novo. Nem teria sentido você começar a trabalhar agora, só por um dia. Então, você começa no dia 4 de janeiro, segunda-feira, que é quando voltamos. Tudo bem para você?

— Claro! Puxa, obrigada! Vai ser uma honra pode fazer parte da agência! Tenho certeza de que vamos fazer ótimos trabalhos juntos!

— Não temos dúvidas! — ele disse, já pegando o telefone de novo e teclando três números. — Marta, acompanhe por favor a senhorita Anita Rocha até o departamento pessoal. Ela é agora nossa nova funcionária. Peça ao Carlos para ver todas as questões de carteira profissional, benefícios, vale-refeição, exame admissional e o que mais for necessário, sim?

Nos despedimos com um novo aperto de mão. Tudo tinha acontecido tão rápido que eu não podia acreditar que era verdade. Aquilo era um sonho. Um sonho que estava se realizando!

***

Foi muito esquisito viver de novo um final de ano, porque eu tinha passado por aquilo recentemente na minha viagem no tempo. Em menos de um dia – ou alguns meses, depende do tempo que eu queria considerar – eu vivi duas vezes o Natal, o Ano Novo e um início de emprego. Que bizarro!

Claro que agora tinha sido diferente. Nas festas, fui para Imperatriz, fiquei com minha irmã, meu cunhado e minha mãe, e constatei que minha relação com ela era mais tensa e delicada do que da "última vez", o que eu tentei amenizar. Provavelmente aquilo era decorrente de minha atitude de bater o pé em relação à faculdade de Fotografia, pois eu acabei indo para Juiz de Fora contra a vontade dela, e não sem muitas discussões.

Depois, conversando com minha irmã, tentando saber dela os fatos (sem deixar parecer que eu era uma louca desmemoriada), descobri que meu pai, em Imperatriz, defendia o tempo todo minha escolha, contornava as discussões e, por fim, fez minha mãe aceitar que deveria respeitar o caminho que eu queria para mim. Eu havia forçado a situação, mesmo com atrito, porque tinha certeza de que aquele era o caminho para mim. E, afinal de contas, eu tinha mais "informações" que minha mãe (por causa das viagens do tempo, claro) para saber que eu não estava fazendo nenhuma besteira. E, ainda bem, eu estava certa, sabia disso agora. Mas nossa relação pelo jeito ficou com cicatrizes.

A situação melhorou um pouco quando contei para minha mãe que eu havia conseguido um emprego em uma grande agência de publicidade. Ela ficou orgulhosa por saber da novidade, mas fez questão de frisar que nunca acreditou que a fotografia me traria um futuro estável. De alguma maneira, aquilo a surpreendeu no bom sentido, e ela ficou mais segura por eu estar agora em um caminho de sucesso.

Em meu primeiro dia de trabalho, eu estava nervosa, afinal, eu tinha acabado de passar pela experiência de conhecer meu novo chefe, meus novos colegas, novo local de trabalho e minha nova rotina. Mas não demorei muito para me acostumar com a situação. Tudo começou e seguiu muito bem. Eu conhecia gente diferente, tinha que lidar com muitas coisas com as quais não estava acostumada e recebia inúmeros telefonemas de pessoas desconhecidas, mas fui ficando mais familiarizada com tudo e, aos poucos, assumi minha nova vida.

Enquanto me descobria no novo emprego, minha casa ainda permanecia mais vazia do que o normal sem minha gata. Aos poucos, fui me adaptando àqueles móveis e à decoração diferente, mas também fui modificando-os e conseguindo deixá-los do meu jeito atual.

Em uma certa manhã na agência, recebi um e-mail avisando que teríamos uma importante reunião no final da tarde daquele mesmo dia. Durante o horário de almoço, perguntei para o Joel se ele sabia qual era o assunto a ser tratado, mas ele despistou, dizendo que nós descobriríamos em breve. Eu estava com um bom pressentimento, principalmente porque meu chefe havia me elogiado no dia anterior dizendo que eu era a melhor contratação dos últimos tempos.

Claro que tudo aquilo era muito bom, mas não demorei para descobrir que todo sucesso tem seu lado negativo. Fiquei sabendo que algumas funcionárias estavam comentando sobre mim, dizendo que eu só estava ali porque dormia com o Joel e era a protegida dele. Argh! Aquilo me tirou do sério na hora, mas logo me dei conta de que o melhor jeito de calar a boca daquele tipo de pessoa era continuar em meu caminho e fazer um bom trabalho. Quem tem competência não precisa ter medo de receber nem elogios e nem críticas.

Mais tarde naquele dia fomos para a reunião agendada. Na parede da sala, havia um slide projetando o logotipo de um festival de música chamado NYCMegaFest. Nosso chefe contou que o cliente, uma companhia aérea, queria mudar um pouco o formato da revista que era distribuída nos seus aviões: em vez de mostrar apenas os pontos turísticos, nós teríamos que produzir conteúdos exclusivos de atrações e eventos que aconteciam nos destinos. Eles também queriam aumentar sua presença nas redes sociais, e a ideia era cobrir esses eventos em tempo real pela internet, além de criarmos depois matérias maiores para as versões impressa e eletrônica da revista. O Joel explicou que a meta do nosso departamento era atrair atenção do público mais jovem na internet.

Já que o principal destino entre os passageiros da empresa era Nova York, nosso primeiro grande evento seria o NYCMegaFest, um festival de música pop, com grandes bandas e cantores internacionais. Eu não tinha o visto para entrar nos Estados Unidos, mas ainda faltavam algumas semanas para o festival. O pessoal da agência ajudaria com os documentos e a burocracia. O Joel, mais uma vez, se disponibilizou a me ajudar em todo o processo. Saímos para comemorar naquele dia e fomos de novo ao Bar do Veloso. Eu estava tão feliz que simplesmente não pensei mais na história do Henrique. Eu iria para Nova York em algumas semanas fazer a coisa que mais me deixava feliz na vida: fotografar.

**

Com tantas coisas novas e trabalhos interessantes acontecendo, as semanas entre aquela reunião e a viagem para Nova York passaram em um piscar de olhos. Tive que lidar com alguns perrengues com o visto de entrada nos Estados Unidos, e quase achei que teria problemas, porque parecia que ele não ia chegar a tempo, mas no final tudo se resolveu (ufa!). O fato é que era fevereiro, eu estava mais uma vez no aeroporto de Guarulhos e com aquela sensação de estar vulnerável. Acho que aeroportos me deixavam assim, extremamente sensível. É como se eles intensificassem meus sentimentos e trouxessem à tona um lado frágil meu que eu não conheço bem. Só de olhar as pessoas caminhando com suas bagagens, as filas se formando e os funcionários de uniforme, eu já sentia meu coração acelerar. Talvez porque os aeroportos sejam cenário de muitos momentos intensos e definitivos. Só os seres mais distraídos embarcam sem notar quantos capítulos da vida dos outros começam e terminam ali. Era exatamente assim que eu me sentia.

Aquela viagem era uma nova oportunidade de ser feliz, e eu me sentia tão sortuda que toda vez que uma faísca de tristeza se acendia em mim, eu tratava de me concentrar nas coisas boas que estavam prestes a acontecer. Enumerá-las mentalmente me acalmava.

- Eu ia fotografar um evento internacional pela primeira vez.
- Em algumas horas eu estaria em Nova York, cidade que eu sempre quis conhecer.
- Pela primeira vez na vida, minha mãe estava orgulhosa de mim.
- O Joel era um ótimo amigo e estaria junto comigo, vivendo tudo aquilo.

Eu estava esperando o embarque do meu voo começar quando meu celular vibrou dentro da bolsa. Era o Joel. Um compromisso de última hora com um cliente importante, em que ele ia apresentar uma campanha muito grande, o impediu de pegar o mesmo voo que eu, mas ele iria já no dia seguinte. Achei uma pena, pois seria muito melhor enfrentar quase dez horas de voo ao lado dele. Mas, como sempre, ele estava cuidando de mim.

– Deu tudo certo, Anita?

– Tudo certíssimo. Agora só falta chamarem o meu voo.

– Queria estar aí com você, sabia?

– Eu também! Que pena, né? Mas amanhã à noite você estará voando e depois vamos dominar Nova York juntos! – respondi, rindo.

– Eu sei. Mas queria que meu voo fosse hoje também.

– Ele esperou um tempo antes de continuar, um silêncio meio incomum da parte dele. – Pra eu aproveitar com você.

– Eu também queria... Mas pode deixar que vou enviar muitas fotos. Também vou desejar que você faça uma ótima apresentação amanhã aqui.

– Pois é. Hoje devo virar a madrugada toda trabalhando nisso. Uma droga terem marcado essa reunião bem no dia da viagem, não queria ter adiado a minha.

Um novo silêncio estranho e cheio de significados ocultos. O que estava acontecendo com a gente?

– Então... Bom trabalho!

– Bom voo!

– Vou tentar não cair no oceano – brinquei.

– Não tem graça – ele falou sério.

– É que eu não sei ser engraçada como você, desculpa.

– Um dia você aprende. É preciso muita convivência. Vamos providenciar isso. – Ele foi fofo.

– Aprendo sim. Agora eu vou entrar no avião. *See you later, baby!*

– *Bye!*

Esperei a fila diminuir um pouquinho para me levantar e mostrar meu cartão de embarque e poder caminhar pelo túnel que me levaria até o avião. Meu assento ficava logo depois da classe executiva. Ao meu lado estavam uma moça e um menino de uns 5 ou 6 anos, e aquilo me deixou um pouco preocupada: eu planejava dormir, imagina se ele chora durante toda a viagem? Depois, quando o avião decolou, eu notei que ele já era bem grandinho para dar trabalho. Achei bonitinho, mãe e filho estavam conversando daquele jeito mais inocente possível, e eu apenas prestei atenção:

– Será que Deus vê a gente assim, mãe? Por cima das nuvens?

– Deus mora dentro da gente, meu amor. Ele nos vê através das coisas que fazemos e falamos. Deus fica num lugar que ninguém pode alcançar, só sentir. Preenche um espaço que é só dele.

– Ah. Entendi.

A aeromoça logo passou servindo bebidas e o menino quis um suco de laranja. Fiquei observando suas mãozinhas se mexendo e seu rostinho pensativo. Até que ele voltou a falar:

– Mãe, tava pensando aqui: se eu comer muito eu não vou espremer Deus aqui dentro?

A mãe dele caiu na gargalhada. Eu não aguentei e ri também.

– Não vai, meu amor. Ele cabe. Ele sempre cabe aí dentro. – Ela riu e o beijou.

– Então tá bom!

E ele continuou bebendo seu suco.

Eu e a mãe nos entreolhamos com cumplicidade naquele momento tão bonitinho. A ingenuidade das crianças serve para que nós nunca deixemos de lado a simplicidade das coisas mais inocentes. Adormeci pensando nisso, alguns minutos depois.

***

O avião pousou no aeroporto JFK no finalzinho da manhã. Eu precisava me adaptar àqueles fusos horários malucos se minha vida ia ser essa daqui para a frente. Mas a diferença até que não era tanta, três horas só. Antes de pegar as minhas malas, tive que atravessar um enorme corredor com paredes de vidro que ligavam os portões de embarque até as filas da imigração. Minha mala foi uma das últimas a aparecer na esteira, o que me deixou um pouco aflita. Nada pior do que você conseguir chegar, mas suas malas não. Ainda bem que eu tinha trazido meu casaco pesado e agasalhos na bagagem de mão.

Assim que saí do aeroporto, dei de cara com uma fila de táxis amarelos. Havia um pouco de neve no chão por causa do fim do inverno, então tive que tomar cuidado para não cair. Peguei na minha bolsa o papel com o endereço do hotel e entreguei ao taxista. Como o Joel me avisou, o valor do aeroporto até Manhattan era tabelado, 57 dólares. Os táxis de Nova York eram mais espaçosos que os de São Paulo, e entre o motorista e o passageiro havia um vidro com um pequeno visor que mostrava a temperatura local, o taxímetro e algumas notícias do momento, em tempo real. Havia também um bolso com revistas turísticas. Peguei uma e comecei a folheá-la para já ir entrando no clima da cidade e bolar uma visão fotográfica de algumas coisas. Achei engraçado: o taxista falou ao celular (com um fone de ouvido e as mãos no volante) ao longo do trajeto todo. E como ele era árabe, ou pelo menos parecia, eu não entendi nada.

Passamos pelo bairro do Brooklin, ainda fora da ilha de Manhattan, e logo em seguida os arranha-céus, que já despontavam ao longe, mesmo muito à distância começaram a surgir com mais detalhes para mim. Eu já estava acostumada com prédios altos e com a paisagem urbana de São Paulo, mas a silhueta das construções de Nova York conseguiu me deixar impressionada. Da janela vi o Empire State, depois o Chrysler Building... Bem, alguns prédios eu jurava já ter visto, mas não conseguia me lembrar dos nomes. Eu mal tinha chegado e já estava apaixonada por aquela cidade. E congelada também. Fazia tanto frio que, mesmo agasalhada, meus ossos estavam doloridos (minhas meias eram finas e eu não estava de botas; sair do verão brasileiro com botas era demais para mim!). Eu precisava de um banho bem quentinho, de meias grossas e de uma sopa para me esquentar por dentro e por fora.

Meu hotel ficava localizado na região do Upper West Side, a uns 5 minutos a pé do Museu de História Natural e a apenas três quadras do Central Park. A localização era ótima, eu conseguiria fazer tudo usando o transporte público da cidade. Em Nova York as ruas são numeradas em sequência, tudo é quadrado, paralelo e plano, o que facilita muito para os turistas. Você sabe se está longe ou perto de algum lugar de acordo com a distância entre os números. Entre as ruas 40 e 44 são quatro quarteirões, é simples assim. Eu estava na 79th Street e o nome do meu hotel era Park 79.

Tive que esperar mais ou menos uma hora na recepção para fazer o check-in. Eu estava faminta, mas a mala e os equipamentos de fotografia que estavam dentro da minha mochila não me deixaram sair em disparada atrás do Starbucks mais próximo. Às 15 horas em ponto, meu quarto finalmente estava disponível. Mostrei meus documentos, preenchi alguns papéis e passei o número do meu cartão de crédito caso houvesse algum consumo no frigobar. O recepcionista falava rápido demais, mas, quando percebeu que eu estava entendendo pouco do que ele me instruía, sorriu e repetiu tudo com mais calmo. Peguei a chave-cartão do quarto e segui meu caminho até o elevador, acompanhada por outro rapaz muito gentil de uniforme.

O hotel era simples e bastante aconchegante. O chão dos corredores que levavam até os quartos era de madeira clara, e nas paredes havia pequenas luminárias douradas. Dentro do meu quarto tinha uma cama de casal enorme com uma colcha branca e cabeceira de madeira cheia de detalhes esculpidos. Ao lado da cama, tinha um criado-mudo e uma pequena janela que dava para os prédios da vizinhança e iluminava o cômodo parcialmente. As cortinas estavam presas com uma fita branca. Escondido à minha esquerda, havia um pequeno banheiro com uma ducha larga e extremamente convidativa. Havia também uma prateleira de vidro com alguns produtos oferecidos pelo hotel, e toalhas, toalhas e mais toalhas penduradas por toda parte.

Abandonei a mala em um canto e coloquei a mochila em cima da mesa. Desabei na cama e senti cada vértebra da minha coluna gritando por descanso. Eu estava exausta, de verdade, mas estava com fome e não queria perder tempo dentro de um quarto de hotel. Precisava conhecer aquela cidade maravilhosa que foi o cenário de tantos filmes e séries que marcaram minha vida inteira. E foi isso o que fiz. Tomei um banho rápido, troquei de roupa, escovei os dentes e coloquei os eletrônicos dentro do cofre. Aproveitei a internet para enviar uma mensagem à minha mãe avisando que eu estava bem, e mandei também uma foto do quarto para o Joel.

Saí do hotel e entrei em um Starbucks que tinha ao lado (depois eu vi que em Nova York eles estão em cada esquina), pedi um chocolate quente e um sanduíche. Meu estômago estava roncando e só parou quando eu dei a última mordida no lanche. Enquanto eu comia, abri o mapa da cidade que peguei no hotel. Havia três lugares em Nova York que eu queria muito conhecer: o Central Park, a Times Square e a Quinta Avenida. Como apenas o primeiro dia na cidade seria totalmente livre, resolvi criar um roteiro com o qual eu pudesse conhecer um pouquinho de cada um desses lugares no pouco tempo que eu tinha até precisar começar a trabalhar.

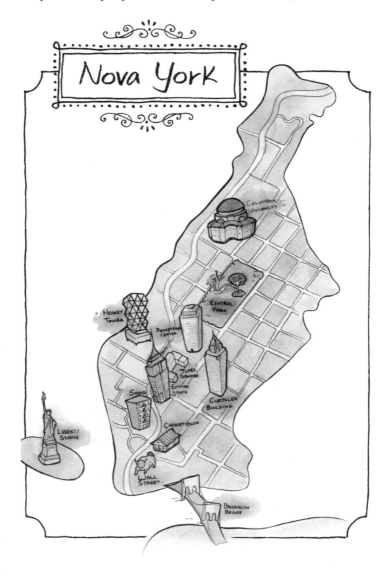

Na minha cabeça, o Central Park era repleto de árvores verdes com esquilos correndo pela grama e pessoas fazendo piquenique perto dos lagos, exatamente como aqueles filmes que passavam TV. Bem, talvez ele até seja assim no verão e na primavera, mas quando eu cheguei lá o que vi foi um lugar com esquilos sim correndo pelos gramados, mas em meio a árvores desfolhadas, lagos congelados e um resto ainda de neve. Não deixa de ser lindo, mas era tão difícil andar por ali que acabei desistindo de tentar conhecer cada cantinho do parque. Mas, de certa maneira, não deixava de me fazer lembrar de um filme: *Esqueceram de mim*. Fui andando pelas ruas e olhando para tudo admirada, pensando mesmo que eu estava dentro de um filme. Pela primeira vez na vida, eu não queria usar fone de ouvido. Era legal escutar e entender o que as pessoas ao meu redor estavam falando, mesmo que eu não entendesse tudo. Agradeci mentalmente à minha mãe por um dia ter me colocado no curso de inglês. Se eu não soubesse pelo menos o básico, não conseguiria ter feito nenhuma daquelas viagens.

O segundo destino do meu roteiro solitário seria a Quinta Avenida. Eu sabia que o lugar era conhecido pelas lojas caríssimas e tradicionais, mas não era justo ir até a cidade e não visitar o cenário do filme *Bonequinha de luxo*. Peguei o metrô e desci na estação mais próxima da 57th Street. Bem ali ficava a loja da Tiffany, local onde foi gravada a cena de abertura do filme e a mais icônica da carreira de Audrey Hepburn. Quase rolou uma lágrima congelada ali mesmo.

Resolvi ir caminhando pela Quinta Avenida até chegar ao Rockefeller Center. No inverno, eles montam uma enorme pista de patinação bem em frente ao conjunto de prédios, e isso acaba virando ponto turístico. Queria muito ver a vista lá de cima, então aproveitei para entrar e saber se a fila estava muito grande. Dei sorte. Depois de apenas quarenta minutos de espera, consegui entrar no elevador e subir os 69 andares do arranha-céu.

De lá de cima, apesar do frio, eu consegui ver toda a cidade, e tirei algumas fotos lindas, modéstia à parte. Eu estava exausta por causa da viagem, já estava escuro, mas a ansiedade de finalmente ver a Times Square iluminada de pertinho era maior que qualquer outra coisa. Andei até lá, já que estava bem perto, e quando cheguei fiquei tão impressionada com o que estava diante de mim que não consegui mais andar. Não demorou muito até alguém me empurrar, e eu dei mais um passo em direção à multidão de turistas que lotavam o local. Meu corpo simplesmente seguiu o fluxo por alguns segundos. Era noite, mas a primeira impressão que tive foi de que as luzes dos prédios nunca deixariam anoitecer no local.

Aquele lugar não era apenas incrível, era mágico! As luzes neon, as fachadas dos prédios, os painéis com as peças em cartaz na Broadway, os táxis amarelos por toda parte e, para completar, várias lojas famosas em um mesmo endereço. Sim, eu estava na Times Square! Eu estava muito bem agasalhada, mas como a neve começou a cair, corri para me aquecer em algum lugar. Resolvi entrar no Hard Rock Cafe, um dos restaurantes mais famosos da cidade. O lugar era sensacional! Na decoração, guitarras, roupas, fotos e painéis de roqueiros famosos. Na frente havia uma lojinha que vendia de tudo relacionado ao tema, com diversos itens e réplicas de relíquias de grandes nomes da história do rock.

Voltei para o hotel naquela noite completamente realizada. Eu sei que amar é bom, mas realizar sonhos e conhecer lugares novos pode ser ainda melhor.

Eu estava apaixonada.

Apaixonada por viajar pelo mundo.

✳✳✳

Abri os olhos na manhã seguinte acordada por um barulho vindo da minha bolsa. Era meu celular, que chiava com o aviso de chegada de mensagem de texto. Peguei o celular na bolsa e vi que era um recado do Joel.

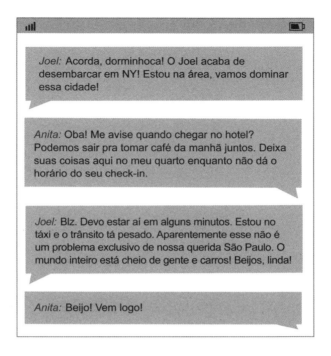

Joel: Acorda, dorminhoca! O Joel acaba de desembarcar em NY! Estou na área, vamos dominar essa cidade!

Anita: Oba! Me avise quando chegar no hotel? Podemos sair pra tomar café da manhã juntos. Deixa suas coisas aqui no meu quarto enquanto não dá o horário do seu check-in.

Joel: Blz. Devo estar aí em alguns minutos. Estou no táxi e o trânsito tá pesado. Aparentemente esse não é um problema exclusivo de nossa querida São Paulo. O mundo inteiro está cheio de gente e carros! Beijos, linda!

Anita: Beijo! Vem logo!

Aproveitei o tempinho que ainda tinha antes de ele chegar para tomar um banho quente e vestir muitas camadas de roupa térmica. Passei a minha vida inteira amando e desejando um inverno de verdade, como o dos filmes, mas definitivamente aquela temperatura era baixa demais para o meu corpo. Fazia ainda mais frio que Paris em dezembro! Já no segundo dia parei de me importar com a estética do look. O importante era que eu estivesse aquecida, confortável e pronto! Além do mais, com o sobretudo, eu ficava sempre igual por fora!

Tomei um cuidado especial com os meus cabelos. Fiz questão de secar todos os fios antes de sair do banheiro, porque o Joel me avisou que na neve, se o cabelo estiver molhado, ou até mesmo úmido, os fios podem se quebrar. Sim! Eles podem se quebrar como se fossem gelo. Ouvi falar de uma garota que teve que deixar o cabelo curto estilo joãozinho por esse motivo. Para garantir, coloquei uma boina e também cachecol, botas e luvas. Quando vi meu reflexo no espelho do quarto, dei um sorrisinho besta. Eu estava parecendo um saco de batatas amarrado, mas aquilo não me deixou menos entusiasmada. Eu era um saco de batatas muito feliz.

O telefone tocou. Era o rapaz da recepção avisando que o Joel estava lá e perguntando se ele tinha permissão para subir até o meu quarto. Respondi que sim e dei uma organizada nas coisas que estavam espalhadas. Ele chegou, me abraçou como se não me visse há anos – o que foi estranho, mas não me incomodou nem um pouco – e deixou a bagagem num canto. Aproveitou para usar o banheiro e escovar os dentes, e então voltou estalando os dedos, animado.

– E aí, capitã? Pra onde vamos? Você é quem manda. Temos a manhã e o começo da tarde para passear até a hora do evento – ele falou completamente entusiasmado, parecendo uma criança que tinha sido ligada na tomada.

– Mas, Joel, você não está cansado da viagem? Não prefere dormir um pouco?

– Que nada, estou ótimo! Eu consigo dormir superbem em avião! E você acha que eu ia desperdiçar esta cidade com você ao meu lado? Nem um segundo! Me fala, aonde quer ir?

– Estátua da Liberdade, lógico! Que pergunta!

– Ué, não é tão lógico, não!

– Claro que é – eu disse, pegando minha mochila e a câmera. – Vir aqui e não conhecer a estátua é como ir ao Rio de Janeiro e não conhecer o Cristo Redentor.

Joel parou a meio caminho da porta e arregalou os olhos.

– Então, preciso te confessar algo: eu morei no Rio um tempão e nunca subi no Cristo.

– Não acredito!

– Ah, então tá. – Ele fez um gesto canastrão de quem estava nervoso: – Me conte então sobre as vezes em que você subiu no Edifício Itália, em São Paulo?

– É, eu nunca fui lá...

– E no prédio do Banespa?

Fiquei em silêncio. Também nunca tinha subido.

– Nossa, você não conhece nada mesmo – ele disse, abanando o ar. – Tem certeza de que você mora em São Paulo? Já foi na Praça da Sé, pelo menos?

– Tá boooooom, você venceu. Estátua da Liberdade, nossa próxima parada nada óbvia... Melhor assim?

– Perfeito – ele disse, e saímos do quarto, descendo até o saguão. – Mas vamos comer alguma coisa primeiro?

Fomos a uma *deli* ali perto, que é algo típico da cidade, uma mistura de padaria, mercadinho e lanchonete, em que as pessoas costumam tomar café, almoçar ou jantar. Saímos de lá e foi um pouco difícil achar um táxi naquela manhã, pois todos os que passavam na porta do hotel já estavam ocupados. O frio estava me deixando mais lenta que o normal. Foi um sacrifício colocar meu corpo para dentro do automóvel.

– E aí, o que está achando daqui? – O Joel perguntou, sentado bem pertinho de mim.

– Adorando com todas as minhas forças! – respondi, animada. – Esta cidade é apaixonante. E fria! Meu Deus, como as pessoas sobrevivem aqui? E esse vento gelado?

– Ah, o corpo se acostuma. Para eles, essa temperatura nem é tão baixa assim. E sabe o que é mais engraçado? Em cada estação do ano, Nova York se transforma. É quase irreconhecível no meio do ano. – Ele usou as mãos pra tirar um pouquinho de neve que ficou acumulada na pontinha do meu nariz. – Aonde você vai fantasiada de Olaf?

– Você quer brincar na neveeee? – cantarolei em falsete, quase pedindo um abraço quentinho. O Joel riu e passou um braço por cima dos meus ombros, mesmo sem eu pedir.

– Tudo bem, você fica uma gracinha com esse blush natural. Está com as bochechas vermelhinhas. Muito bonitinha! – E deu um beijinho na ponta do meu nariz.

Se eu já estava sem jeito, naquele momento fiquei ainda mais.

No caminho, conversamos um pouco sobre o tal evento que começaria no final daquele dia, o NYCMegaFest. Ele reforçou que eu teria que fotografar os shows e alguns detalhes dos camarins. Nós provavelmente ficaríamos em lugares diferentes, mas me disse que se eu tivesse qualquer problema, poderia enviar mensagem para ele.

– Obrigada por tudo, Joel. Mesmo!

– Sabe de uma coisa? Você precisa parar de me agradecer o tempo todo. Às vezes, a gente conquista coisas por merecimento próprio. – Ele olhou pra mim, sobrancelhas arqueadas: – É o seu caso, tá? Então chega de "obrigados".

– Mas eu não estaria aqui sem você.

– Eu também não. Provavelmente, eu estaria no quarto de hotel assistindo a algum programa sem graça. Ou na internet acompanhando as pessoas reclamarem de alguma coisa. A vida é assim. Uma troca de gentilezas!

Descemos do táxi quando chegamos ao Battery Park. De lá tínhamos uma linda vista da baía de Nova York, que estava repleta de gaivotas e alguns turistas que se aventuravam no frio. Ventava muito, estava muito gelado, mas o passeio compensava. Ali havia também uma escultura, uma grande esfera metálica com algumas partes amassadas, da qual algumas pessoas tiravam fotos. Me aproximei para fazer o mesmo que eles, e perguntei:

– O que é aquilo, Joel?

– Ah, essa escultura se chama *The Sphere*! Ficava na frente do World Trade Center. Depois que as Torres Gêmeas caíram, ela foi trazida pra cá – ele disse, apontando para a placa ao nosso lado e para as partes da escultura que pareciam avariadas. – Eles conservaram as marcas nela, como uma forma de lembrar do fato... É bem triste, na verdade.

Concordei. Tirei mais algumas fotos dali e depois fomos caminhando até a fila que já se formava para visitar a Estátua da Liberdade e a Ellis Island. Compramos os ingressos no Circle Line e decidimos que comeríamos alguma coisa no sul da ilha mesmo, em algum restaurante por lá. Passamos por um sistema de segurança parecido com o do aeroporto. Depois dos ataques terroristas de 2001, todos os pontos turísticos da cidade passaram a ser triplamente vigiados. Qualquer pessoa com atitudes suspeitas era interrogada pelos policiais. Navegamos pelo rio Hudson e de lá conseguimos ver os prédios de Manhattan, um pedaço de New Jersey e as famosas pontes do Brooklin. Depois, nos aproximamos um pouco da Estátua da Liberdade. Confesso que, em um primeiro momento, me decepcionei um pouquinho com o tamanho daquela senhora famosa. Na minha cabeça, a estátua seria maior e mais imponente, provavelmente porque os fotógrafos sempre a retratam de um ângulo favorável, colocando-a propositalmente em uma posição que faz parecer tão grande quanto os prédios da cidade. A estátua é uma mulher em pé, vestida com um robe e usando uma coroa com sete pontas. Em uma das mãos ela segura um livro e na outra uma tocha. Em seus pés, uma corrente quebrada simboliza o fim da opressão e da tirania. O monumento é uma metáfora para a democracia e a liberdade dos Estados Unidos diante da Inglaterra, sua colonizadora.

Depois fomos almoçar em um restaurante muito bonito. Joel pediu vinho e eu, que não sou tão acostumada a beber álcool, acabei tomando um pouco também. O que provamos lá era bem diferente dos que eu já tinha experimentado. Mas, como não entendo nada de vinhos, nem me dei ao trabalho de perguntar o nome. Eu esqueceria mesmo.

Fomos caminhando pelo lugar, ligeiramente alegrinhos. Estávamos observando a vista e apontando para coisas aleatórias quando uma moça passou e perguntou se nós não gostaríamos de tirar uma foto juntos. Ela provavelmente se ofereceu porque nos viu revezando a câmera, tirando fotos um do outro. Não sei se parecíamos um casal, mas pelo jeito que ela nos olhava, acreditei que ao menos aquela moça achava que sim.

A foto ficou ótima. O Joel me segurava pela cintura e nós dois sorríamos muito. Ao fundo, a estátua e o céu, que parecia mais azul do que realmente estava.

– Acho que essa é a nossa primeira foto juntos, hein? – O Joel exclamou, olhando no visor da câmera.

– É verdade! Por que demoramos tanto pra fazer isso? – eu perguntei.

– Eu não sei. Mas diria que ela merece um porta-retrato bem bonito na sala.

Eu logo imaginei a foto impressa na estante lá de casa. Sorri ao constatar que a fotografia, de um jeito ou de outro, sempre me levava para mais perto das pessoas que eu gostava. Eu não fazia ideia de como consegui passar minha vida "anterior" fazendo outra coisa.

– Sabe o que eu mais gosto em você, Joel? – comecei. – Você me faz acreditar nos meus sonhos, me trouxe de volta para eles. Nunca ninguém fez isso por mim e talvez por isso eu achei que eles nunca fossem se realizar.

– Ah, não! – ele exclamou, revirando os olhos e colocando as mãos na cabeça. – Ela vai começar a me agradecer de novo!

– Ok, ok! Não vou mais dizer *obrigada*. – Eu ri, e ele abaixou os braços. – Eu sei. Então vou tentar em outro idioma, pode ser? *Thank you!*

Meus lábios começaram a tremer por causa do vento gelado. O Joel deu um passo para a frente e me envolveu em um abraço, virando seu corpo contra o vento e se transformando em uma espécie de escudo humano. Meu rosto se encaixou no pescoço dele e senti que ele tinha cheiro de perfume amadeirado. Senti sua barba arranhar minha testa e aquilo me fez inclinar um pouco a cabeça para baixo. Ele tirou uma das mãos da minha cintura, levantou meu rosto bem devagarzinho e colocou seus dedos em meu queixo. Nos olhamos nos olhos e senti um frio enorme, mas dessa vez no estômago.

– Você parece estar com medo – ele disse.

– Talvez eu esteja sim – respondi, pois não conseguia elaborar uma frase muito melhor do que aquela.

– Medo do quê?

– De estragar tudo. Essa é uma especialidade minha.

Eu poderia dizer qualquer coisa, mas nada seria suficiente para convencer meu corpo de que aquela não era uma boa ideia. Talvez o vinho estivesse atrapalhando um pouco meu raciocínio. Tudo parecia mais leve, e eu não conseguia me concentrar direito. Nossos lábios gelados se encontraram e uma das mãos do Joel deslizou até a minha nuca.

Por tantas vezes eu havia pensado em como seria mais fácil se eu tivesse me apaixonado pelo Joel, que estava ali, tão perto de mim o tempo inteiro. Acho que quando a gente repete uma coisa muitas vezes, mesmo sabendo que é mentira, acabamos acreditando nela. Eu me dei conta de que nem sempre estar sozinha significa estar livre. Eu não queria mais ficar presa ao meu passado, então deixei que o futuro se acomodasse no meu presente.

Nos beijamos lenta e demoradamente. Eu não poderia dizer quanto tempo aquele momento durou. O vinho, o vento, o beijo, o frio gelado por fora e muito calor por dentro. Só sei que, em certo momento, nossos lábios se afastaram, mas continuamos abraçados, e eu continuei com a cabeça repousando em seu peito. Eu sorria, em um misto de vergonha e alegria. Eu me sentia tão bem ali que nem frio mais eu sentia. E podia imaginar o semblante do Joel naquele instante, mesmo sem olhá-lo, quando ele repetiu algo que eu tinha dito havia poucos minutos.

– Por que demoramos tanto pra fazer isso?

9

Não existem regras e garantias no amor.
Estamos todos correndo riscos quando
nos apaixonamos por alguém.

Tínhamos algum tempo para nos arrumar para o festival quando voltamos para o hotel. No caminho, viemos sem falar do acontecido. Acho que nenhum dos dois queria se antecipar a nada, apenas deixar as coisas acontecerem. O Joel pegou sua bagagem em meu quarto e, assim que ele saiu, deixei meu corpo cair na cama e meu pensamento voar. O travesseiro macio com fronha branca acalentou minhas bochechas ainda um pouco geladas. Conforme fui me aquecendo, fui também me sentindo estranhamente mais leve, como se houvessem me anestesiado. Faltavam poucas horas para o festival e eu ainda ia tomar banho e me arrumar, mas acabei ficando ali, deitada, com os olhos fechados por mais alguns minutos, relembrando o que tinha acontecido em outros minutos não tão distantes.

Eu conseguia voltar ao momento em que o Joel me beijou. Podia jurar que meu cabelo ainda estava com o cheiro do perfume dele. No fundo, eu sentia que aquilo não era completamente certo, porque suspeitava que as coisas não estavam resolvidas entre mim e o Henrique e que talvez eu estivesse fugindo dele, mas relembrar a cena com o Joel fazia meu coração bater mais rápido e comecei a gostar bastante da sensação de não fazer a coisa certa. Levando em consideração tudo o que havia acontecido até então, aquilo era familiar. Qualquer sentimento, mesmo que superficial e imprudente, era melhor do que o vazio de antes. Ai, será que eu não conseguiria mais ficar sozinha?

Joel estava se aproximando de mim aos poucos e não media esforços para me impressionar. Eu ficava tentando encontrar um defeito nele em que me fixar e voltar a colocar os pés no chão. Procurava, procurava e não encontrava. Ele parecia ter saído de dentro de uma história, com sua missão de me fazer mais feliz. Antes, eu achava que era apenas amizade, vontade de ter alguém por perto, e talvez no início fosse mesmo. Mas aí eu percebi que ele estava se apaixonando por mim. Um cara tão incrível quanto aquele deixaria qualquer mulher envaidecida. Mas, então, por que não?

As respostas àquela pergunta pulavam na minha cabeça: eu não sei se eu conseguiria corresponder ao sentimento dele e não queria magoá-lo de jeito nenhum. O Joel era incrível, ele não merecia sofrer por nada. Outra questão era que ele não era um simples cara interessante, lindo, inteligente e fofo, meu anjo da guarda que me ajudava e apoiava o tempo todo. Era meu colega de trabalho, aliás, era praticamente meu chefe indireto, e eu não queria que nada atrapalhasse nem o trabalho dele nem meu novo emprego. Se as pessoas já falavam sobre as facilidades de eu ser próxima do Joel sem termos nada, imagine se nós tivéssemos mesmo um relacionamento amoroso. Pela primeira vez na minha vida – aliás, nas minhas vidas – eu tinha uma carreira na área em que sempre sonhei, e eu precisava focar nisso acima de qualquer coisa. Eu não sabia mais nada, o Joel mexia comigo, mas eu estava confusa. Então decidi parar de pensar e deixar os acontecimentos me mostrarem que caminho seguir.

O banho foi menos demorado do que eu gostaria. Ainda de toalha, abri a mala em busca da roupa que levei especialmente para usar no evento. O quarto inteiro estava meio turvo graças ao vapor da água quente. Peguei um vestido preto básico, mas que vestiu muito bem e deixou minhas curvas em destaque. Coloquei uma meia-calça de lã, pendurei o sobretudo no cabide para não amarrotar e fui tentar dar um jeito no meu rosto com um pouquinho maquiagem. O reflexo do espelho ainda me deixava meio confusa. Em um dia eu tinha aquela pele lisinha, com ocasionais espinhas, e no outro eu estava lá, parecendo outra pessoa. Não sabia com qual Anita eu deveria me acostumar. Com 30 anos, meu rosto era um pouco menos anguloso do que na adolescência, e havia algumas linhas de expressão começando a surgir no cantinho dos olhos. O telefone tocou justamente quando eu tentava escondê-las com corretivo. Era alguém da recepção avisando que o motorista havia chegado. Quando peguei meu celular, que estava ligado na tomada recarregando a bateria, vi que o Joel tinha me mandado algumas mensagens. Graças à minha mania de ficar reorganizando os pensamentos o tempo todo, nem me dei conta de que estava atrasada.

Quando saí do elevador, todos estavam me esperando. Havia mais duas pessoas da empresa ali. O Joel se aproximou para me ajudar com a bolsa de equipamentos, mas ainda de longe eu respondi que estava tudo bem. Queria que ele percebesse já de cara que o que aconteceu horas antes – nosso beijo – não deveria ser exposto aos nossos colegas de trabalho. Sei que precisávamos ter uma conversa a respeito daquilo, mas escolhi deixar isso para o dia seguinte. Ele foi gentil e elogiou minha roupa. Agradeci, mas fiquei com receio da repercussão que aquele elogio teria entre eles.

No carro, o assunto eram as atrações do festival. Eu havia dado uma rápida olhada no *line-up*, e várias bandas e cantores que eu gostava se apresentariam naquele dia. Mas, como eu estaria trabalhando, decidi não me empolgar tanto com os shows. Nem quis ver todos os nomes com detalhes para não surtar com todos os que eu não poderia conferir. Fazer o quê, ossos do ofício... Eu deveria era agradecer pelo fato de estar ali, era um sonho meu, certo?

– O que vocês estão mais ansiosos pra assistir, pessoal? – perguntou o Joel, tentando quebrar o gelo entre a equipe. – Coldplay, Imagine Dragons ou Norah Jones?

– Eu adoro Coldplay, principalmente as músicas do novo álbum – respondi, acho que soando formal demais. Se o Joel percebeu a diferença no tratamento que eu tive com ele, fingiu que nada tinha acontecido e continuou com o assunto.

– Ah, quando eu era mais novo fui num show deles no Festival de Glastonbury. Foi surreal. Balões por toda parte e todo mundo cantando junto... Nunca vou esquecer.

– Vocês viram que acrescentaram no *line-up* a nova dupla que está bombando na internet? Eles vão abrir o festival e são a promessa de revelação da noite. Ouvi dizer que o cara nasceu no país de vocês – disse um americano, membro da equipe, apontando para mim e para o Joel. Ele pegou o celular no bolso e começou a deslizar o polegar na tela como se estivesse procurando algum e-mail na caixa de entrada, e mostrou para nós. – Olha aqui, confirmado! Rick Viana e Kate Adams. Vocês sabiam que tinham colocado a banda deles na programação?

– Não sabia, ainda bem que você avisou – fez o Joel, balançando a cabeça. – E você, Anita, sabia?

Senti meu corpo gelar. Todas as palavras fugiram de minha mente naquele instante. Eu queria reagir, dizer alguma coisa para disfarçar o que estava passando pela minha cabeça, mas tudo o que eu conseguia fazer era desejar que estivesse ficando louca.

– Não pode ser! – deixei escapar sem querer. Todos dentro do carro olharam surpresos para mim, e eu disfarcei completando: – É que... eu adoro eles. Acompanho faz um tempão!

– Ah, legal saber disso! – disse nosso colega americano, enquanto o Joel me olhava de um jeito curioso, franzindo a testa. – É difícil conseguir exclusiva com as atrações principais do evento, até porque normalmente eles só aceitam dar entrevistas e tirar fotos para grandes sites e jornais. Mas acho que com essa dupla conseguimos algumas fotos. Posso te colocar dentro do camarim deles. Um minuto!

– Não, não, não! Não precisa mesmo, sério! Não quero dar trabalho...

– Imagina! Eles estão começando a fazer sucesso agora e vai ser legal ter isso na matéria também. Principalmente se o cara realmente for brasileiro.

– Ah, ele é – deixei escapar.

– Não é sempre que temos brasileiros nos palcos daqui, temos que aproveitar! – disse o americano, sendo simpático e ao mesmo tempo desencadeando em mim uma reação com a qual eu não saberia lidar. – Vou enviar agora mesmo uma mensagem para o pessoal do evento e avisar que precisaremos de trinta minutos com eles. Você acha que é suficiente?

– É sim – respondeu o Joel, notando que eu demorei décadas para reagir à pergunta.

Durante o restante do trajeto, continuei tentando convencê-los de que não era uma boa ideia, mas tive a sensação de que, a cada palavra que saía da minha boca, as coisas se complicavam ainda mais. Eu não queria ter que explicar os motivos. Ninguém ali sabia que o Rick era o *meu* Henrique. Além do mais, aquele era o meu primeiro grande trabalho e se eu colocasse minhas questões pessoais na frente, mostraria o quanto não levo meu emprego a sério. Não queria dar motivos para que falassem de mim.

Joel nem percebeu que eu estava tensa, ou fez que não percebeu, provavelmente porque não passava pela cabeça dele que o meu "melhor amigo", aquele de quem falei no bar meses antes e um dos motivos da minha viagem para Paris, havia se transformado em um cantor famoso e usava um nome artístico.

Nas últimas semanas, tínhamos conversado sobre muitas coisas, mas nenhuma das vezes eu quis entrar em detalhes e contar o que aconteceu de fato durante a viagem. Ele percebeu que perguntar me deixava triste, então fez de tudo para me ocupar nos dias seguintes com outros assuntos, pessoas e lugares. Para me poupar de uma possível recaída, também parei de acessar blogs que falam de famosos e quase não tive tempo de usar as redes sociais. Na verdade, eu me policiei bastante. Se o Henrique não teve coragem de tentar descobrir meu número no Brasil de outras maneiras nem cogitou viajar para conversar comigo, por que eu teria que continuar disponível? Achei que estaria me protegendo da autossabotagem de quando estamos tentando esquecer alguém, mas nunca imaginei que ficar sem saber nada sobre ele me levaria direto para o seu próprio show, tão longe da minha casa e da dele.

O trânsito começou a ficar mais intenso quando atravessamos a ponte do Brooklyn e nos aproximamos do local em que o NYCMegaFest acontecia anualmente. O sol estava se pondo por trás dos prédios de Manhattan, e o nosso carro ia na direção contrária, mas o reflexo no retrovisor me fez virar a cabeça e olhar para o céu, que estava colorido com diferentes tons de laranja, exatamente como eu imaginei a cidade antes de estar ali.

A voz no GPS começou a falar, em inglês, que estávamos a apenas alguns metros do destino desejado. Ao longe do local do festival dava para ver um pouco dos prédios de Nova York, parte da ponte do Brooklyn e um bom pedaço do East River. Era um festival grande, com ares de uma festa intimista, e adorei aquilo. Nosso carro tinha autorização para entrar pelo portão da imprensa, que ficava a alguns metros da entrada do público. Havia uma fila tão grande que dali era impossível ver onde terminava. Depois de estacionar, passamos por alguns procedimentos de segurança antes de chegar à área reservada para os jornalistas. Havia uma pequena fila ali, mas ainda era cedo e, pelo que entendi, alguns jornalistas só chegariam para a atração principal.

Enquanto nossos colegas ainda estavam cadastrando os equipamentos e sendo revistados, o Joel se aproximou e tocou meu ombro.

– Está tudo bem, Anita? Tô te achando meio distante... Eu não sabia o que dizer, então simplesmente sorri e fiz que sim com a cabeça. Tentei mudar de assunto e consegui, mas sabia que não o tinha convencido, havia algo de diferente na maneira como o Joel me olhava. Aquilo me deixou um pouco preocupada, mas não tanto quanto o que estava prestes a acontecer: eu teria que ficar cara a cara com o Henrique de novo. E com a Kate do lado dele!

Atravessamos uma longa área e chegamos até a lateral do palco. Havia uma estrutura de ferro que separava a imprensa do público convencional. De longe dava para ver que algumas pessoas já estavam na grade, e as mais animadas seguravam cartazes, bandeiras e faixas. Eram fãs das bandas que se apresentariam no evento e provavelmente tinham esperado muitas horas na fila para conseguir aquele lugar tão disputado. Tratei de pegar a câmera dentro da bolsa para fotografar o momento. Só quando dei um zoom com a lente é que consegui ler o que estava escrito em um dos cartazes: "Kate & Rick, we love you!". Minhas mãos ficaram meio trêmulas e a foto saiu sem foco. Eu não havia esquecido do que estava prestes a acontecer, mas toda vez que eu tentava me concentrar no trabalho, algo me lembrava do que provavelmente viria.

Alguns minutos depois, alguém da produção chamou meu nome. Eu havia perdido meus colegas de trabalho de vista, mas no carro nós já tínhamos conversado sobre como as coisas aconteceriam antes de o festival começar. Eu teria que me separar deles. O local era enorme, e os fotógrafos ficavam posicionados em uma área diferente da dos jornalistas. Mas antes, graças à minha boca grande, aconteceriam aquelas fotos exclusivas nos bastidores. Como a Kate e o Rick abririam o evento, aquilo iria acontecer cedo.

Atravessamos mais algumas barreiras de segurança e subimos uma escada até chegar a uma pequena sala. Na porta, uma placa com o nome dos dois. Disseram que eu poderia entrar e ficar à vontade, que em breve eles chegariam ali para conversar comigo. Respirei fundo e tentei me acalmar. Se eu lidasse com a situação de uma forma profissional, talvez não fosse tão difícil estar cara a cara com eles novamente.

No camarim, havia uma mesa cheia de frutas, lanches e bebidas, e até algumas flores bem coloridas. Me lembrei de Monet, o que me levou a pensar em outras coisas... Na penteadeira que havia no outro canto da sala, avistei um por-ta-retratos com uma foto da dupla. Olhei para os lados para ver se eu realmente ainda estava sozinha e caminhei até lá. Peguei o objeto com as mãos e comecei a reparar no rosto deles. Aquela foto tinha sido tirada, provavelmente, em uma das muitas sessões de fotografia que eles fizeram juntos para divulgar o novo álbum.

Eu estava de costas quando alguém abriu a porta. O Henrique entrou já cumprimentado a fotógrafa (eu, no caso) em inglês, mas quando me virei em sua direção, ele simples-mente parou de falar. A Kate estava vindo logo atrás e, por não ter percebido que o Henrique havia parado de andar, acabou trombando em suas costas.

– Anita?! – ele disse, extremamente confuso e surpreso.

– Anita! – a Kate exclamou, extremamente admirada.

– Oi. Sim... é... eu sou a fotógrafa que veio fazer umas fotos bem rápidas de vocês dois – comecei, mexendo em meu equipamento sem olhar nenhum deles nos olhos. Eu nem sabia direito como fazer isso. – Sei que não posso levar muito tempo com isso, pois vocês precisam estar no palco logo mais, então podemos começar com...

– Anita! Ei, pare! – ele disse, se adiantando. – Por que você está agindo como se não me conhecesse?

Finalmente ergui os olhos. Acho que meu rosto estava um pouco mais rígido do que o normal.

– Eu estou aqui como fotógrafa, isto aqui é trabalho. Minha vida pessoal não importa agora. Podemos começar logo? Não quero atrasar vocês.

O Henrique bateu com as mãos na lateral do corpo.

– Não, não podemos! Escuta, eu preciso conversar com você. Passei as últimas semanas tentando contato! Não acredito que você está aqui na minha frente dizendo isso...

– Eu estou sim. E essa câmera aqui nas minhas mãos é o motivo deste encontro. Preciso entregar fotos do casal – rebati, em tom irônico. – Não vamos tornar isso mais complicado, por favor.

– Essa história não vai terminar bem – a Kate sussurrou, em inglês, fechando a porta e caminhando até a mesa com as comidas. – Por favor, finjam que eu não estou aqui. Quando chegar a parte em que eu entro no assunto, gritem meu nome.

Estranhei a reação dela. Aquelas palavras soaram muito debochadas. Era como se ela nem se importasse com o que estava acontecendo entre o Henrique e eu, como se estivesse acostumada com problemas envolvendo relacionamento e trabalho... Bem, se fôssemos considerar Harry Coxx, ela era realmente veterana no assunto.

– Por que você está complicando tanto as coisas? – disse o Henrique, chamando a minha atenção de volta para ele. – Eu senti tanto sua falta, Anita. Você não pode acr...

– O quê?! Como... como você consegue ser tão falso? Tem coragem de falar isso na frente dela?

O Henrique passou as mãos no rosto.

– Além de Kate não entender português, nada do que sinto é segredo para ela. Ela sabe que eu gosto de você!

– Ah, é?! Olha, eu não sei que tipo de relacionamento você está acostumado a ter nesta sua existência...

– Nessa minha o *quê*?

– ...mas isso não vai funcionar comigo. Definitivamente não! Não quero ter que dividir você nem ninguém, ou ficar com a parte que sobra. Deixe que eu fotografe vocês de uma vez, e garanto que você nunca mais me verá na vida. Eu não estou aqui por vontade própria. Se pudesse escolher, pode ter certeza que eu não estaria...

— Deixa de bobagem, Anita! — o Henrique falou ríspido, e eu me enfureci ao perceber que ele considerava aquelas questões *uma bobagem*. — Essas fotos não vão acontecer enquanto você não me escutar. É sério! Pare de ser tão orgulhosa e escute o que eu tenho pra dizer.

A Kate pegou um cacho de uvas com a mão e começou a comer uma por uma, olhando para nós como se estivesse assistindo a uma cena de filme.

— Eu não te reconheço mais, Henrique — eu falei com mágoa na voz.

— Claro que não, você não me deixa nem ao menos...

Então, a Kate interrompeu a discussão e falou algo que eu nunca poderia imaginar, mas que iria alterar completamente o rumo que os acontecimentos seguiriam. Ela veio mastigando em minha direção, contornou a mesa de comida e se colocou entre mim e o Henrique.

— Escutem! Ei...! Olá? — Ela me encarou no fundo dos olhos, mas nem parecia nervosa. Parecia até... entediada. Eu não saberia explicar. — Eu não falo português, mas estou vendo que a briga aqui é séria. Se o motivo disso tudo for a minha pessoa, podem ir parando, ok?

— Eu nem teria começado, se ela me deixasse explicar! — o Henrique disse, assumindo que a conversa tinha mudado para o inglês e abrindo os braços.

— Explicar o quê? — perguntei, cruzando os braços. Se a senhora Famosa queria tomar as dores do namoradinho, iria escutar também. — Que vocês não sentem nada um pelo outro? Que é tudo marketing? Que vocês têm um relacionamento aberto e que eu também posso ter uma partezinha do seu "Rick" pra mim? Ah, que bondade a sua!

A Kate deu um sorriso só com metade da boca, colocou uma das mãos na cintura e respondeu.

— Em partes, você até que está certa.

Fiquei confusa. Quais partes, então? Eu estava nervosa por tanta coisa...

– Eu diria que você pode ficar bem tranquila – ela continuou, falando baixo com seu sotaque britânico. – Meu negócio não são homens, querida.

– O quê? – foi a única coisa que consegui dizer. Aquilo não fazia o menor sentido para mim. Parecia mais uma desculpa idiota de última hora.

– Bom, essa era uma das coisas que eu queria te explicar! – O Henrique disse, se deixando desabar no sofá de couro preto do camarim.

A Kate fez uma cara divertida, enquanto eu talvez estivesse com a expressão mais idiota do mundo.

– Nosso namoro é de mentira. O Brown nos obrigou a "assumi-lo" porque essa era uma exigência da gravadora – ela explicou, lentamente, de forma quase didática. – Se não aceitássemos, estaríamos fora, entende?

– Vocês... trocaram o que sentiam por dinheiro? – perguntei, ainda não acreditando nas afirmações mais recentes.

– Não estávamos fazendo isso *apenas* por dinheiro – o Henrique respondeu. – Meu grande sonho sempre foi ter uma carreira na música e um CD gravado. Passei a vida inteira sonhando com esse momento, entende? Eu não queria desperdiçá-lo. É tudo de fachada, só até o contrato terminar. Em alguns meses nós não seremos mais notícia e poderemos parar de disfarçar, entende? Mas você nem quis me ouvir.

– Isso... não cola – eu disse, incerta, sem saber o que pensar.

– No mundo da música e dos negócios, as coisas são assim – disse a Kate, dando de ombros. – É algo mais comum do que se pensa, Anita. Eu mesma saí do Simple Talks porque me apaixonei por outra integrante. Na época, eu já tinha terminado com o Harry, mas fingíamos para os fãs que ainda estávamos juntos. A gravadora não queria que rompêssemos publicamente, achavam que seria prejudicial para a imagem da banda. E esse é um dos motivos de ele ser tão revoltado. Nem éramos mais um casal, mas ele insistia em jogar na minha cara que eu o havia trocado por outra mulher... Ele me odeia por isso. É um garoto mimado que nunca soube lidar com perdas ou com a felicidade dos outros.

Minha cabeça girava. Nossa! Eu nunca iria imaginar que isso tudo tinha acontecido nos bastidores do Simple Talks!

– Mas você... nunca pensou em assumir publicamente?

A Kate deu uma risada amarga.

– Esse mundinho da fama é bem podre, garota. E talvez eu ainda não tenha aprendido a lidar com ele. O dia em que eu conseguir lidar com isso e me livrar das ameaças do Harry, será bastante libertador.

Eu senti um alívio imediato, por um lado, e uma enorme empatia pela Kate. Era bom saber que eu podia parar de imaginar os dois como um casal, deu até vontade de rir da situação. Deu vergonha também, e me senti bastante idiota. Mas eu não tinha como saber de nada antes.

– Bom, isso era parte do que eu gostaria de ter dito, Anita – o Henrique disse, se levantando.

– Eu... estou me sentindo péssima – confessei, com uma careta.

– Não se sinta! – exclamou a Kate, agarrando o Henrique pela cintura e acenando freneticamente com as mãos. – E você precisa tirar algumas fotos, vamos! Estou agarrando o seu rapaz aqui, mas agora você sabe... Só negócios!

Fiquei sem graça. O Henrique me olhava fixamente, parecendo cansado, enquanto a Kate fingia melhor com seu sorriso de namorada perfeita. Não cheguei a tirar nem dez fotos deles quando a porta do camarim se escancarou, sem sobreaviso. Era o Brown chamando os dois para o palco. Ele provavelmente nem sabia da minha existência, e nem seria naquele dia que saberia. Ele passou por mim, pegou uma fruta na mesa e acenou para que os dois o seguissem para fora da sala. A Kate piscou para mim, e o Henrique me direcionou um olhar ansioso antes de sumir no corredor.

E então, eu estava sozinha. Eu e a minha câmera. Saí do camarim logo em seguida, a tempo de vê-los indo para a direita, em direção ao palco. Meio desorientada, tentei voltar pelo mesmo caminho pelo qual cheguei até ali. Se antes havia apenas algumas pessoas na grade, quando desci as escadas da área de imprensa, notei uma multidão no local. Tentei encontrar o Joel pelos arredores, ou qualquer pessoa conhecida, mas todos os que estavam ao meu lado eram estranhos. Mesmo a área de imprensa estava bem mais cheia do que antes. Acabei sendo levada pelo fluxo e ficando na frente do palco.

O apresentador começou a falar sobre o evento e depois anunciou a primeira atração da noite. A Kate e o Henrique (para eles, Rick) subiram ao palco e as pessoas aplaudiram muito. Eles começaram agradando o público em cheio, tocando uma versão da música "Somebody That I Used To Know", do Gotye. Quem não os conhecia, logo simpatizou com eles. E não sei se era neura minha, mas parecia que o Henrique procurava alguém na plateia, e me deu a impressão de que era eu...

A verdade é que a letra da música se encaixava um pouco com o que nós estávamos passando. Para ele não me encontrar, mesmo achando que isso seria difícil por causa das centenas de refletores, coloquei a câmera no rosto e continuei fotografando o festival. As coisas poderiam até não acabar bem, mas pelo menos eu teria as fotos.

Depois de mais três músicas, os dois começaram a se despedir dizendo que aquela era a primeira vez que eles apresentariam o single do primeiro CD. O Henrique brincou com a plateia, pedindo que todo mundo fizesse muito barulho, mesmo não sabendo a letra ainda.

– Gostaria de dizer que fiz esta música pensando em uma garota muito especial. Ela sabe quem ela é e entende muito bem o que eu estou falando. Esta música se chama "The Girl Who Changed Everything".

Os acordes vieram calmos e harmoniosos, e o logo Henrique puxou os vocais.

The Girl Who Changed Everything

I met a girl who said I could change the world
But now that girl, she's no longer here
She made me choose, things got out of hand
Suddenly she had disappeared

I'm an open window lighting up the dawn
In the darkness of this town I don't belong
In this life I dreamed of but now that doesn't let
me sleep
And to be true I do not feel that strong

I feel like we're wasting time
Trying to control all things
Running away in opposite directions
Holding life on a string
But in fact we're free falling

But I won't stop 'til I reach you
I know that we just met
But it's like I've known you from another life
The girl who changed everything

I said we would meet soon
But now that sounds like too long
In a blink of an eye
The world was just too big for me

I thought that I would lose you
But somewhere deep down I knew
I just had to wait and then I'd see

I lost control of my whole world
Nothing but the silence on the phone
The darkest place I've ever been
I don't wanna change a world where you're not in

A *garota que mudou tudo*

Conheci uma garota que disse que eu poderia mudar o mundo
Mas agora ela não está mais aqui
Ela me fez escolher, as coisas saíram do controle
E, de repente, ela desapareceu

Sou uma janela aberta iluminando a madrugada
No escuro desta cidade à qual eu não pertenço
Nesta vida que eu sonhei mas que agora não me
deixa dormir
E na verdade eu não me sinto tão forte

Eu sinto que estamos desperdiçando tempo
Tentando controlar as coisas
Fugindo em direções opostas
Prendendo a vida por um fio
Mas na verdade estamos em queda livre

Mas eu não vou parar até alcançar você
Eu sei que nós acabamos de nos conhecer
Mas é como se eu te conhecesse de outras vidas
A garota que mudou tudo

E disse que deveríamos nos encontrar logo
Mas agora isso parece tempo demais
E num piscar de olhos
O mundo ficou muito grande para mim

Eu achei que ia perder você
Mas em algum lugar lá no fundo, eu sabia
Que eu só tinha que esperar, e então eu veria

Eu perdi o controle do meu mundo todo
Nada mais que o silêncio no telefone
O lugar mais escuro em que eu já estive
Eu não quero mudar um mundo em que você não está

A última nota da música desapareceu no ar, e todos começaram a aplaudir, gritar e assobiar. O Henrique se curvou brevemente, em agradecimento, e a plateia começou a pedir que eles se beijassem, obviamente porque acharam que aquela declaração era para a Kate. Contrariando as expectativas, os dois apenas se abraçaram por alguns segundos e saíram do palco em seguida, de mãos dadas. Aquilo não era o suficiente para provar que as coisas seriam mais simples daquele momento em diante, mas foi o bastante para eu sair do transe em que eu havia entrado.

Quando percebi o que já estava fazendo, me flagrei indo completamente contra o fluxo de pessoas que entravam onde eu estava alguns momentos atrás. Grande parte da imprensa e alguns outros convidados VIPs estavam chegando naquele momento, porque tinham interesse em assistir apenas às atrações principais. Mostrei minha credencial para o segurança e consegui subir as escadas até o camarim onde eu havia encontrado a Kate e o Henrique mais cedo. Eu ainda estava emocionada, claro. A melodia ainda estava na minha cabeça, e tudo o que eu queria era falar com o Henrique mais uma vez e fingir que nada mais importava.

Quando me aproximei da porta, notei que havia alguém discutindo lá dentro. Era claramente a Kate, com sotaque inglês, e a inconfundível voz do Brown, que parecia agitado. Mas não havia nenhum sinal da voz do Henrique. Não consegui captar tudo, mas eles falavam sobre contrato e o quanto ela estava se arriscando com "uma atitude daquelas", e que "aquilo poderia arruinar tudo". Continuei apenas ouvindo a discussão quando alguém me agarrou pelos antebraços e me puxou para dentro do camarim ao lado.

Era o Henrique.

– Ei! Vem aqui!

– Tá maluco? – sussurrei apavorada, olhando para o nome na porta que ele estava fechando. – Este aqui é o camarim da Norah Jones!

– Sim, eu percebi – ele disse, dando uma olhada ao redor.

– E o dela é bem maior que o meu... Mas ela não vai chegar agora, tem uns trezentos VJs da MTV segurando ela no lobby. Eu soltei o ar que estava prendendo. Ele me encarava, sem nem sequer piscar.

– Eu sabia que você viria.

– Você é um idiota – respondi, nervosa. – Disso você sabia?

– Sabia.

– Um idiota que não tem coragem de dizer as coisas, mas é capaz de escrever uma música tão...

– Tão...? – o Henrique disse, me forçando a dar a resposta que ele sabia que eu daria.

– Tão *linda* como aquela – eu disse, deixando ele ter certeza do que eu achava.

O Henrique riu, tímido, e olhou para os próprios sapatos.

– É, Anita. Esse sou eu – ele falou com um tom conformado.

– Por que as coisas entre a gente nunca são simples, hein? – perguntei, tentando levar a conversa para o lado que eu queria.

– Porque aí não teria a menor graça. Eu acho – ele falou sorrindo.

– Acho que já cansei de as coisas serem complicadas só para ter graça. Não podia ser diferente de vez em quando, pelo menos entre nós?

– E o que a gente faz agora, Anita? – ele falou como se soubesse a resposta.

– Não sei. Me diz você. – Eu sabia que ele tinha algo em mente.

– Vamos fugir – ele falou sem rodeios aquelas duas pequenas palavras que carregavam um significado imensurável.

– O quê?! Fugir? Você ficou maluco *mesmo*!

– Eu não quero mais esperar. Eu percebi que as coisas à nossa volta nunca vão estar menos bagunçadas. Então, que pelo menos quando a gente estiver por perto possa fazer isso valer a pena. – Ele estendeu a mão para mim em um gesto quase simbólico, impensado. – Eu não quero mais deixar você ir.

Ergui a minha mão, segurando a dele, e senti os pequenos calos na ponta de seus dedos, causados pelas cordas do violão. Eu me lembrava bem deles no Henrique que era apenas meu amigo. E aquele lá era ele. Com ou sem nossas memórias.

– Então não me deixe ir – eu falei olhando fixamente para seus olhos.

***

O hotel do Henrique ficava em Midtown East, muito bem localizado. Percorremos a Quinta Avenida de táxi e logo em seguida já estávamos na frente de um grande e imponente edifício. O letreiro na frente dizia "The New York Palace". Imaginei que a diária deveria custar uma fortuna e tive a sensação de já ter ouvido falar daquele hotel, o nome me era familiar. Quando saímos pela porta do carro, senti um vento tão gelado no rosto que quase implorei para voltarmos para o veículo, e não consegui me concentrar em mais lembrança alguma. Estava nevando muito naquele instante.

O Henrique me segurou pelos ombros gentilmente e entramos depressa no saguão, através de uma pequena área descoberta com duas árvores na lateral. Eu não sou de ficar deslumbrada com lugares luxuosos e, para falar a verdade, me sinto até meio desconfortável na maioria das vezes. Mas aquele hotel era um dos mais incríveis em que eu já havia estado. Era, como o nome já diz, um verdadeiro palácio, e eu me sentia dentro de um longa-metragem. Cada detalhe era impecável: o chão revestido de mármore branco, um lustre dourado gigante pendurado no teto e detalhes de ferro nos móveis. O Henrique, ao contrário de mim, parecia absolutamente acostumado com o local. Ele me olhava fixamente, como se tudo aquilo fosse a coisa mais normal do mundo e a única coisa extraordinária ali fosse eu. Passamos pela recepção sem nos identificar e fomos em direção ao elevador.

Paramos no décimo sexto andar. Caminhamos por um longo corredor até chegarmos diante da porta de seu quarto.

O Henrique a abriu com o cartão que estava em seu bolso e me deu passagem. Entrei primeiro "com os olhos" e depois dei um passo para dentro do recinto. Ainda estávamos em silêncio quando a porta pesada se fechou atrás de mim. A primeira coisa em que reparei foi a vista. Da janela gigante diante de mim dava pra ver alguns prédios da Quinta Avenida e a Catedral de São Patrício. Ela estava incrivelmente iluminada.

– Gostou da vista? – ele me perguntou, apoiando-se ao lado da janela.

– E tem como não gostar? Este lugar é tão bonito que parece cenário de filme.

– E ele provavelmente deve ter sido. Mas sabe o que é ainda mais incrível que isso? – ele deu uma pausa e encaixou o rosto no meu pescoço, roubando o restinho de perfume que ainda estava ali. – É que você está aqui comigo.

Eu sorri e me virei, olhando dentro dos olhos dele sem acreditar que tudo aquilo estava realmente acontecendo. As coisas ficaram completamente fora de controle desde que eu descobri o blog, é verdade, mas mesmo que eu escrevesse o roteiro mais maluco de todos, eu jamais diria que em alguns meses eu estaria ali, em um hotel incrível em Nova York com o Henrique, o cara que eu amava.

– Deve ser incrível viver assim, um dia sempre diferente do outro – acabei dizendo. Se eu fosse parar para pensar, era meio desconexo eu achar aquilo. Eu tinha dias bem diferentes um do outro, tanto que, em alguns deles, eu até voltava a ser adolescente. Besteiras que mulheres apaixonadas dizem... – Você já se acostumou?

– Do que adianta um dia ser diferente do outro se você não está em nenhum deles?

– Estou sim – completei olhando nos olhos dele. – No de hoje, pelo menos.

O Henrique foi me guiando até a cama, me empurrando devagar com seu corpo, e encostou sua boca na minha. Fez com que eu caísse lentamente no colchão, me segurando pela cintura. Esticou a mão até o criado-mudo e colocou seu celular em um pequeno speaker. A mesma música que ele cantou no fechamento de seu show soou pelo quarto.

– Eu escrevi essa música pensando em você. Passei as últimas semanas escrevendo e produzindo cada detalhe. Eu não sossegaria até ter a certeza de que você a tivesse ouvido. Você percebeu que foi a inspiração, não é? Gostou?

– Eu amei a música! – eu respondi do modo mais simplório, porque não sabia como traduzir em palavras o que eu estava sentindo a respeito daquilo.

Flores, declarações e aquela música... É, aquela versão do Henrique que eu amava tinha o incrível hábito de me surpreender.

Ele olhou de volta para mim e, mesmo sem dizer nada, sabíamos o que fazer. Me virei na cama em sua direção e, de joelhos, nossos corpos se encontraram. Com uma das mãos ele desceu o fecho lateral do meu vestido. Senti seus dedos deslizando por minha cintura nua e aquilo fez meu corpo arrepiar.

A pele dele era muito macia, e eu queria sentir mais. Comecei a levantar sua blusa e ele rapidamente me ajudou jogando os braços para cima e tirando a peça. Reparei naquele corpo que antes a roupa escondia e aquilo me fez ficar com ainda mais vontade de tocá-lo.

Ele. Tinha. Músculos. Torneados.

Nunca fui de dar bola para caras sarados, que frequentam academia e sabem diferenciar suplementos, mas aquela era uma versão especialmente incrível do cara mais interessante que eu conheci na minha vida. Naquele instante, ele jogou seu corpo sobre o meu, colocando uma mão em meu pescoço. Me beijou então mais intensamente do que qualquer outra vez em que fizemos isso. Entre um suspiro e outro, ele mordia meus lábios e me encarava com um sorriso provocador e cheio de intenções, como se soubesse exatamente que eu nunca mais esqueceria daquele momento.

E ele acertou. Aquela foi uma noite que nenhuma viagem no tempo jamais conseguirá tirar de mim.

10

Às vezes, é preciso se aventurar
em um mundo que não é seu para
encontrar as respostas certas.
Todo mundo tem algo a nos ensinar.

Dizem que a manhã seguinte do melhor dia de nossas vidas é sempre ruim, porque, quando chegamos ao auge, o único caminho que resta é para baixo. Quando algo que é muito bom acaba, o que vem depois ganha um peso injusto. Mas se eu pudesse controlar o tempo e o blog, certamente viveria aquela última noite em uma eterna repetição pelo resto da minha vida. Por que as coisas boas sempre passam tão rápido e as difíceis vivem nos assombrando?

O celular do Henrique estava no silencioso, mas o barulho do aparelho ao vibrar sobre a madeira do criado-mudo me fez despertar instantaneamente. Ele se mexeu na cama, virou o corpo para o outro lado e puxou a coberta, mas continuou dormindo em um sono pesado, exatamente como na época de faculdade, quando ele justificava todos os atrasos matinais com uma resposta sincera: "Eu nunca consigo acordar com o barulho do despertador". Nossos amigos já até calculavam um atraso de pelo menos uma hora em todos os compromissos em que ele estaria presente. Sempre que marcávamos alguma coisa de manhã, combinávamos de dizer para o Henrique que o horário certo era uma hora antes do verdadeiro, só para garantir.

Mas eu precisava parar de fazer tantas comparações. Havia muitas coisas diferentes entre o Henrique de antes e aquele que estava deitado ao meu lado na cama. Apesar de serem a mesma pessoa, os dois eram bem diferentes, começando pela barba cerrada e pelos músculos bem-definidos. Ele era uma versão popular e bem-sucedida do meu melhor amigo. Inclinei meu corpo para fora da cama e segurei o celular, removendo o fio do aparelho. Eu ia apenas desligá-lo, mas, ao olhar no visor, percebi que eram mensagens da Kate. Pela quantidade de chamadas não atendidas e pelo resumo das mensagens exibido na tela inicial, deu para perceber que não eram boas notícias. Pensei em acordá-lo, mas ele parecia estar em um sono tão tranquilo que acabei mudando de ideia. A curiosidade falou mais alto, e eu acabei decidindo ler pelo menos uma das mensagens para saber do que se tratava. Se fosse o caso, acordaria o Henrique.

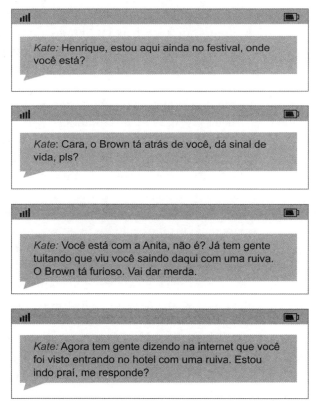

Kate: Henrique, estou aqui ainda no festival, onde você está?

Kate: Cara, o Brown tá atrás de você, dá sinal de vida, pls?

Kate: Você está com a Anita, não é? Já tem gente tuitando que viu você saindo daqui com uma ruiva. O Brown tá furioso. Vai dar merda.

Kate: Agora tem gente dizendo na internet que você foi visto entrando no hotel com uma ruiva. Estou indo praí, me responde?

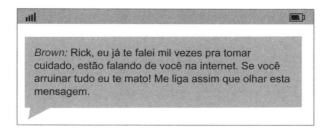

Brown: Rick, eu já te falei mil vezes pra tomar cuidado, estão falando de você na internet. Se você arruinar tudo eu te mato! Me liga assim que olhar esta mensagem.

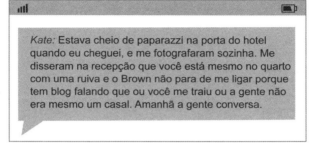

Kate: Estava cheio de paparazzi na porta do hotel quando eu cheguei, e me fotografaram sozinha. Me disseram na recepção que você está mesmo no quarto com uma ruiva e o Brown não para de me ligar porque tem blog falando que ou você me traiu ou a gente não era mesmo um casal. Amanhã a gente conversa.

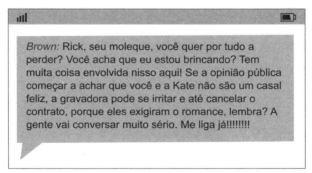

Brown: Rick, seu moleque, você quer por tudo a perder? Você acha que eu estou brincando? Tem muita coisa envolvida nisso aqui! Se a opinião pública começar a achar que você e a Kate não são um casal feliz, a gravadora pode se irritar e até cancelar o contrato, porque eles exigiram o romance, lembra? A gente vai conversar muito sério. Me liga já!!!!!!!!

Tinha ainda uma gravação de voz da Kate no WhatsApp, mandada de manhã, que suplicava ao Henrique para que ele fosse inteligente o suficiente e soubesse a hora certa de fazer suas escolhas. Pedia desesperadamente para que ele mantivesse o seu papel, pelo menos até o álbum sair, pois ela precisava do dinheiro do contrato para resolver muitos dos problemas em sua vida. Era um legítimo apelo ao bom-senso do Henrique. Aquilo me deixou paralisada por alguns segundos. Meus olhos encheram de lágrimas e mordi meus lábios. Li

191

as mensagens várias vezes para ter certeza de que eu não tinha entendido errado, mas infelizmente era exatamente aquilo mesmo. Eu me sentia como um amuleto da sorte, só que ao contrário. Sempre que eu me aproximava do Henrique, ou as coisas começavam a dar errado ou saíam do nosso controle. Era como se o destino quisesse me mostrar que meu lugar não era ali. Não daquele jeito. Fechei os olhos e tomei uma das decisões mais difíceis da minha vida.

Levantei da cama cuidadosamente, recolhi as minhas peças de roupa que estavam espalhadas no chão do quarto e me vesti. Peguei a mochila com meu equipamento e a minha pequena bolsa preta. Foi um sacrifício sair dali sem me despedir do Henrique, mas se eu continuasse no hotel, seria uma questão de tempo até que nos fotografassem juntos e conseguissem provas concretas de que o romance entre ele e a Kate era uma farsa. E eu estaria destruindo os sonhos de duas pessoas que estavam em pleno direito de ser felizes.

No elevador, fiz um coque no cabelo, coloquei os óculos escuros que estavam na minha bolsa e usei meu cachecol para cobrir totalmente a minha cabeleira ruiva, para me disfarçar e conseguir sair sem que ninguém desconfiasse de mim.

Da recepção, deu para ver que havia alguns fotógrafos na porta do hotel, meio esparsos, esperando que o Henrique saísse com sua possível amante. Por um instante, me imaginei na capa de uma daquelas revistas de fofoca e senti repulsa. Mesmo de cabeça coberta, fiquei com medo de passar bem entre eles. Alguns deles deviam ser experientes na arte de perseguir e descobrir, e me senti uma ovelha cercada por lobos velhos de guerra.

Pegar o táxi na frente do hotel ou pedir que os funcionários fizessem isso por mim poderia ser arriscado demais. Mas aí vi uma senhorinha de andador passar bem ao meu lado no saguão, acompanhada pelo *lobby boy* do hotel, que carregava suas malas, e por um momento me distraí, acompanhando seus passos lentos e perseverantes. Foi quando notei que ela se encaminhava para uma porta na lateral do hotel, que tinha uma rampa em vez de escadas. Respirei fundo, aliviada, e fui pelo mesmo caminho para a rua. Adeus, *paparazzi*!

Me afastei com passos rápidos, pois eu carregava aquela sensação horrível de que alguém estava no meu encalço. Assim que virei a esquina, avistei um carro amarelo estacionado do outro lado da rua. Fiz um gesto para saber se ele estava livre, e uma mão me fez sinal de positivo. Atravessei e me acomodei no banco do táxi, já pegando meu celular na bolsa para ver o endereço exato do meu hotel e dizer para o motorista. O aparelho também estava no silencioso, e não era só o Henrique que havia recebido um monte de mensagens e notificações de ligações não atendidas. No meu caso, eram quase todas do Joel.

Aquela foi a primeira vez em que pensei nele depois de tudo o que havia acontecido, e os fatos do dia anterior voltaram à minha mente em um turbilhão. O sentimento de culpa preencheu meu peito na mesma hora, e passei a me sentir a pior pessoa do mundo, a vilã da minha própria história sem final feliz. Afinal, fugir podia ter sido muito empolgante, mas na vida real eu tinha ido embora e simplesmente não dei mais satisfação para o resto da equipe que estava cobrindo o festival comigo, e, além de ter deixado o cara que mais acreditou em mim lá sozinho, depois de todo o trabalho que ele tinha me confiado, ainda tinha a história recém-começada e mal resolvida com nosso beijo na manhã anterior. O Joel devia ter muitas esperanças e planos na cabeça para nós dois, e eu não só estava ignorando aquilo, como também tinha tido minha primeira noite com o Henrique, cuja carreira eu estava prejudicando seriamente. Aliás, talvez eu já tivesse prejudicado seriamente a minha também. Coloquei os meus sentimentos na frente das minhas obrigações e acabei bagunçando tudo mais uma vez. Que confusão!

Antes de responder as mensagens do Joel, me desculpando ou dando uma justificativa estúpida para salvar meu próprio emprego e nossa amizade, decidi escrever uma mensagem para me despedir do Henrique de uma vez por todas. Eu ia tentar resolver um problema de cada vez. Comecei a digitar.

Sinto muito...

Não! Era ruim começar assim. Apaguei tudo.

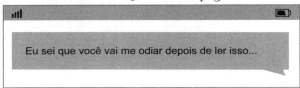

Eu sei que você vai me odiar depois de ler isso...

Não. Aquilo também estava péssimo

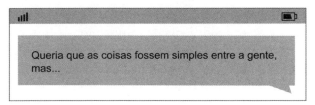

Queria que as coisas fossem simples entre a gente, mas...

Não, droga! Horrível!

Eu ia me tornar uma daquelas pessoas insensíveis e imaturas que terminam um relacionamento por mensagem de texto? Mas que outra saída eu teria? Dizer um monte de mentiras olhando nos olhos dele seria impossível. Simplesmente desaparecer também não seria uma solução. Quando ele acordasse e não me visse deitada na cama ao seu lado, ficaria preocupado e tentaria entrar em contato. E eu temia que, se eu não respondesse, ele tentaria procurar alguém na empresa que promoveu o festival para descobrir o endereço de onde eu e os outros funcionários estávamos hospedados em Nova York. E com mais gente envolvida, a confusão seria ainda pior.

Então, tive uma ideia "genial". Para que meus planos de desaparecer de vez da vida dele funcionassem, o Henrique precisava me odiar. Era isso! Se ele tivesse raiva de mim e acreditasse que, no fundo, eu não passava de uma fã louca interessada na sua fama, seria bem mais fácil para ele me esquecer. Teoricamente, nós só nos conhecemos depois que ele ficou famoso e, provavelmente, aquilo acontecia o tempo todo. Tenho certeza de que muitas daquelas fãs loucas faziam de tudo para ter um minuto ao lado dele.

Pensando em voz alta sem me dar conta, comecei a falar tudo o que estava escrevendo no celular, e nem me importei de parecer louca ou ser indiscreta. A janela entre o banco de trás e o da frente estava aberta, mas o taxista nunca me entenderia mesmo. Ele devia ser árabe, grego ou algo assim, como a maioria naquela cidade. E eu não seria a primeira pessoa a falar sozinha.

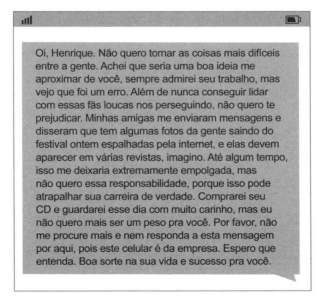

Oi, Henrique. Não quero tornar as coisas mais difíceis entre a gente. Achei que seria uma boa ideia me aproximar de você, sempre admirei seu trabalho, mas vejo que foi um erro. Além de nunca conseguir lidar com essas fãs loucas nos perseguindo, não quero te prejudicar. Minhas amigas me enviaram mensagens e disseram que tem algumas fotos da gente saindo do festival ontem espalhadas pela internet, e elas devem aparecer em várias revistas, imagino. Até algum tempo, isso me deixaria extremamente empolgada, mas não quero essa responsabilidade, porque isso pode atrapalhar sua carreira de verdade. Comprarei seu CD e guardarei esse dia com muito carinho, mas eu não quero mais ser um peso pra você. Por favor, não me procure mais e nem responda a esta mensagem por aqui, pois este celular é da empresa. Espero que entenda. Boa sorte na sua vida e sucesso pra você.

Argh!

Eu estava com o dedo em cima do botão de enviar e não sabia se o apertava ou pedia para o táxi me levar até algum lugar que vendesse veneno para rato, já que eu merecia por toda aquela insensibilidade.

– Ai, como eu sou burra! – disse, olhando para o texto enorme na tela do celular. – O que eu faço?

Então, algo muito improvável, mesmo naquela minha vida cheia de acontecimentos improváveis, aconteceu, para meu assombro. O sinal fechou, o carro parou e o taxista olhou para mim pelo espelho retrovisor e começou a falar comigo. Em português!

– Você tem certeza que vai enviar essa mensagem? Pense bem!

Eu levei um susto enorme! Primeiro, ele tinha ouvido e entendido tudo e estava falando comigo em minha língua. E ainda por cima queria me dar conselhos?

– Você... fala português?! – perguntei, tentando compreender aquela bizarrice.

Vi suas sobrancelhas se arquearem sobre os óculos escuros. Ele estava rindo. Que pergunta idiota eu havia feito...

– Falo. Eu vim do Brasil já há algum tempo.

Mas que coisa estranha!

– Ah... bom, bem... não se importe com tudo o que eu disse. É um problema pessoal que será resolvido logo mais. Me desculpe por fazer o senhor ouvir tudo isso...

– Eu não sei se você concorda muito com o que está escrito aí – ele disse, balançando a cabeça. – Não parece que você tem muita convicção no que escreveu.

Resolvi jogar tudo para o alto, deixar minha estranheza de lado e aproveitar aquela terapia gratuita inesperada, e continuei conversando com o motorista. Eu nunca mais ia vê-lo mesmo, pelo menos eu desabafava.

– Mas nem sempre a gente concorda com o que precisa ser dito. E dizemos assim mesmo – tentei ser coerente.

– Para agradar, você quer dizer? – ele pareceu compreensivo.

– Pra nos preservar e preservar quem a gente gosta.

– Hum – ele suspirou e colocou as duas mãos no volante. Um anel na sua mão esquerda refletiu a luz por um instante e ativou alguma lembrança adormecida em minha mente. – Quando eu era mais novo, achei que conseguiria preservar as pessoas que amo. E depois de uma longa vida tentando, sabe o que eu percebi? Que somos fruto das circunstâncias. Tentar controlar o que está além do nosso alcance pode ser extremamente perigoso. Ele continuou falando. A cada semáforo em que ele parava, lançava um olhar para mim pelo espelho retrovisor. E foi assim que me dei conta de algo arrebatador: eu conhecia aquela voz!

Ele tinha a mesma voz e o mesmo jeito de falar daquele senhor que uma vez encontrei nos jardins do Museu do Ipiranga, o velhinho que me deu conselhos-relâmpago e desapareceu! Ainda tinha a impressão de que o havia visto em outro lugar, mas onde? Nossa, aquele senhor no metrô em Paris!! Será que aquilo era possível? Não consegui ver direito o rosto dele, por causa dos óculos e da boina, mas o anel na mão esquerda estava ali. E mesmo depois daquilo tudo, eu sentia que alguma coisa estava faltando para que eu tivesse a certeza absoluta de que aquele encontro não era inédito em minha vida...

– Será que nós já nos vimos antes? O senhor é muito familiar para mim, principalmente sua voz. O senhor por acaso esteve em Paris recentemente? Ou talvez no Brasil mesmo? – perguntei confusa, fazendo perguntas desconexas, arriscando parecer maluca.

– Há sempre esse risco quando conhecemos alguém. O mundo é menor do que imaginamos.

Silenciei. Não sabia mais o que dizer. Senti certo alívio quando comecei a reconhecer os restaurantes do bairro em que eu estava hospedada, pois confesso que estava ficando bastante desconfiada. Ou talvez eu só estivesse enlouquecendo mesmo. Todas aquelas viagens no tempo poderiam estar começando a cobrar seu preço. O velho misterioso estacionou o táxi em frente ao hotel. Tirei o dinheiro da minha bolsa e ele agradeceu sorrindo. Era um sorriso familiar, eu conhecia aquele homem, tinha certeza.

Ele entrou no carro e me disse pela janela do passageiro:

– Boa sorte, Anita!

Antes que eu pudesse abrir a boca para perguntar como ele sabia o meu nome, ele foi embora pela rua sem olhar para trás. Bom, provavelmente eu o tinha dito uma centena de vezes em voz alta, enquanto planejava mandar aquela mensagem para o Henrique, que, por sinal, ainda não havia sido enviada.

– Obrigada – agradeci falando sozinha mais uma vez, quando ele já estava longe.

Ainda atordoada, entrei no hotel e cruzei a recepção sem olhar para os lados. Entrei no elevador e apertei o botão do meu andar, já procurando o cartão do meu quarto no meio da eterna bagunça da minha bolsa. Para a minha surpresa, quando a porta se abriu, havia alguém sentado no pequeno sofá que havia diante do elevador, ao lado de uma mesa com um discreto vaso de flores.

O Joel se levantou e começou a falar antes mesmo de eu me recuperar do susto.

– Anita, eu te enviei um milhão de mensagens! Onde você se meteu ontem, sua doida?

– Joel, eu...

– Ficamos te procurando no evento por horas! – Eu não sabia se o tom de voz era calmo, preocupado ou se significava uma bronca.

– Aconteceu uma coisa...

– Poxa, imaginei um monte de bobagens. Você deveria ter nos ligado ou ao menos enviado uma mensagem! Você tá bem, pelo menos? – ele falou, agora compreensivo.

Balancei a cabeça, em negativa.

– Eu fiz tudo errado de novo, Joel. Não importa o quanto as coisas estejam certas, no final eu sempre estrago tudo.

Ele me segurou pelos ombros, de leve, para olhar bem nos meus olhos.

– Por que você está falando assim? O que aconteceu afinal?

Então resolvi falar a verdade para ele. Contei tudo rápido e de uma vez. Não era bem assim que eu queria que ele soubesse, mas agora era tarde.

– Sabe o Rick que se apresentou ontem no festival, o que toca com a Kate Adams?

– Claro, sei, aquele da dupla que você ia fotografar antes do show – o Joel procurava entender meu raciocínio.

– Ele é o Henrique. Aquele meu amigo que está morando em Paris... E que acabou se transformando em um cantor famoso. – Não consegui encarar o rosto confuso do Joel. Desviei os olhos para o tapete do hotel e continuei: – Lá em Paris eu fui embora furiosa com ele, porque ele me deixou para ir a Londres participar de um programa de TV e acabou ficando para assinar o contrato. E um milhão de fofocas na internet me fizeram acreditar que ele estava na verdade namorando com a Kate. Mas, na sessão de fotos, eles me explicaram que nunca estiveram juntos, que aquilo era fachada, pressão do empresário pra marketing da dupla. Então eu fugi com ele do festival, mas bagunçei tudo, porque gosto dele. Porque eu sinto falta dele na minha vida. – Aquela última parte soou bem confusa, e eu omiti de propósito o trecho sobre o que aconteceu depois.

Silêncio constrangedor. O Joel pareceu irritado, claro, mas respirou fundo antes de dizer algo:

– Anita, você não tem mais 15 anos pra agir assim.

– Não quero discutir com você. Eu sei que não sou mais uma adolescente, mas você por acaso sabe o exato momento em que a gente aprende a fazer as escolhas certas? Eu acho que ele ainda não chegou pra mim.

– Esse momento não existe, Anita. As coisas começam a dar certo depois de darem muito errado. É assim pra todo mundo, é um aprendizado contínuo!

— Comigo não está sendo aprendizado nenhum! Eu estrago tudo! E eu só queria saber exatamente o que fazer ao menos uma vez na vida.

Ele fez uma pausa e falou sério:

— Então fica comigo.

A frase do Joel me pegou como um soco no estômago. Nunca esperaria ouvir aquilo tão declaradamente.

— Mas, Joel, e tudo o que...

Ele interrompeu minha fala confusa e continuou:

— Fica comigo e para de querer saltar do precipício sozinha. Eu te ajudo a fazer as coisas funcionarem. Essa é minha missão aqui. Quero dizer, *era* isso, agora é mais que simplesmente te ver feliz. Eu quero te *fazer* feliz.

— Mas... Eu não posso corresponder a tudo o que você sente por mim. Você é um cara incrível, Joel! Você foi a única mudança que continuou valendo a pena depois de tudo. Não quero te fazer sofrer. Não quero que seja a ponte para que eu consiga sair dessa, e...

— Anita, presta atenção: o Henrique nunca vai te entender como eu.

— Como você pode saber isso? Você nem o conhece!! Ai, você fala como se soubesse sempre de tudo! Isso me assusta às vezes.

— Eu sei de bastante coisa, mas não precisa se assustar. Como eu disse, eu vou ficar ao seu lado sempre pra te ajudar. Mesmo que você escolha mudar tudo de novo.

Aquelas palavras soltas faziam muito mais sentido que deveriam e queriam dizer muito mais para mim do que ele poderia saber.

— Mudar tudo de novo? O que exatamente você quer dizer com isso?

— Você não precisa mais tentar esconder as coisas de mim, Anita. Eu sei de tudo. Inclusive das viagens.

— Claro que você sabe das viagens! Foi você quem conseguiu esse emprego pra mim, e eu sou eternamente grata por Paris e por esta...

O Joel apertou os olhos com os dedos e olhou para o teto, impaciente.

– Que droga, Anita! Das viagens no tempo! Entendeu agora sobre o que eu estou falando? Meu mundo desabou. Eu não podia acreditar. O que ele estava falando? Como ele poderia saber?

– O que você sabe? E como você sabe, Joel? O que você fez?! Me explica, isso tudo é uma armação? Quem é você? Estou ficando com muito medo de tudo isso. – Eu estava apavorada.

– Calma, Anita. Eu não fiz nada. Quer dizer, eu sei que você talvez não entenda agora, mas as coisas mudaram muito desde que eu te conheci melhor. Não consigo mais ficar vendo a garota que eu amo lidar com tudo sozinha, sendo apenas um observador. Eu me apaixonei por você, e eu não esperava que isso acontecesse! Mas eu não me importo mais com o que meu pai diz sobre manter distância e tudo o mais. Isso tudo sempre foi uma loucura, mas eu não quero passar o resto da vida assim. Eu quero ficar com você. Você é a mulher que eu amo.

Aquela era a declaração de amor mais esquisita que eu já tinha ouvido.

– Mas, Joel, do que você está falando? Que pai? Quem é o seu pai? Acho que eu realmente não estou bem. Nada mais faz sentido. E por que você está me dizendo tudo isso agora? Você é algum tipo de *stalker*, é isso? – Comecei a chorar, muito nervosa.

– Não, Anita, eu vou te explicar tudo no momento certo. Saiba que você não está louca e eu não sou um *stalker*. Sou eu, o Joel de sempre, tá? Eu vou explicar e comprovar o que eu estou falando, e você vai ver que eu não sou um louco te espionando. Existe um motivo. – Ele pegou um pequeno cartão no bolso da calça e puxou uma caneta. Escreveu algo rápido, com uma caligrafia apressada e nervosa, e depois me entregou: – Toma. Você está procurando por isso.

Ele colocou o cartão na minha mão. Não prestei atenção no nome impresso nele, nem no logotipo, mas o que me deixou curiosa foram as letras e os números escritos ali.

PJL366

O que era aquilo? Uma fórmula? Uma senha? Um código? Um número de voo?

– O que é isso, Joel? Como assim estou procurando? O que eu faço com isso? – perguntei, sem entender nada e com meu mundo rodando.

– O blog, Anita. Abra e digite esses números.

– Por que você está me entregando isso? O que isso vai fazer?

– Já disse. Não quero mais mentir pra você. Disseram que eu precisava esperar a hora certa pra te revelar tudo, mas talvez eu não tenha todo esse tempo mais.

Dei um passo para trás e abri a bolsa em busca do cartão da porta do quarto. Naquele momento, o Joel pareceu um cara completamente desconhecido para mim. Senti receio quando olhei para o seu rosto tenso e percebi que ele estava realmente aflito com minha reação. Caminhei pelo corredor do hotel e ele me seguiu.

– Espera. Fica aqui fora, por favor. Eu vou fazer isso sozinha.

Ele pareceu um pouco contrariado, mas assentiu com a cabeça e sentou-se novamente no sofá de frente para o elevador, com as mãos no rosto.

– Tudo bem, estou te esperando aqui. Me chama por qualquer coisa. E, Anita, não fica assustada. Eu sei que tudo isso parece estranho, mas sou eu, tá? O Joel!

Me virei sem responder e entrei no quarto, que estava exatamente como eu havia deixado no dia anterior. A mala aberta no canto do cômodo e as roupas jogadas na cama, que não havia sido desfeita. Peguei o notebook da mesa, empurrei as peças de roupa e deitei no colchão, abrindo a tela e digitando no navegador o endereço do painel de controle do blog. Enquanto a página carregava, os números e as letras do cartão me deixavam intrigada. Quais respostas eu teria? Quando a página abriu, aquela mensagem pedindo a senha apareceu novamente:

"No momento certo, você descobrirá a senha."

Não tinha nada de *certo* naquele momento, mas eu aparentemente tinha a senha. Digitei aqueles números e letras misteriosos do cartão, mesmo achando tudo surreal. Eu não tinha certeza se aquilo era uma brincadeira ou se finalmente eu entenderia o porquê de o blog me fazer viajar no tempo. Eu só sabia que precisava seguir em frente.

Para a minha surpresa, nenhuma sensação de vertigem tomou conta de mim. Meu corpo continuou exatamente onde estava, e a única coisa que mudou foi a página exibida na tela. Eu estava diante no painel de controle, que finalmente abriu, e ali era possível escrever e editar o blog. Olhei os títulos de cada um dos posts que constavam na lista, e reconheci todos. Só que um deles era bem diferente. Não era meu, e estava como "rascunho". Sem nem pensar duas vezes, cliquei no post para abri-lo.

As respostas estavam ali. Ou, pelo menos, o começo delas.

Epílogo

Status do post: rascunho

Oi!

Talvez seja perda de tempo, mas digamos que isso não é um problema para mim desde que tudo começou a acontecer. Não tenho certeza se alguém algum dia vai conseguir ler esta mensagem, mas preciso desabafar ou simplesmente anotar o que sinto, pois às vezes tenho a sensação de que estou ficando louca. Me assusta um pouco imaginar que provavelmente eu já nem exista de verdade quando você ler isto.

Não sei se devo pedir socorro ou me despedir. É tudo tão melancólico! Na dúvida, vou contar um pouco da minha triste história sem fim. Há um tempo, achei que estava muito próxima de encontrar a morte, então acabei mergulhando no meu passado para tentar encontrar uma solução. Achei que seria ao menos divertido poder reviver cada segundo que tive antes de receber aquela notícia e ver minha vida ganhar um peso que eu simplesmente não conseguia carregar sozinha. Na verdade acho que me tornei um tormento para as pessoas ao meu redor, sabe? Eu queria voltar e deixar a vida deles mais alegre enquanto eu ainda não era o motivo de lágrimas caindo o tempo todo.

Mas até quando?

É o que me pergunto toda vez que tento encontrar algum sentido nisso. Era legal estar sempre em movimento, mas agora sei que esse não é o jeito certo de encarar a vida. A solidão é o preço que a gente paga por nunca estar no mesmo lugar. Não queira o mesmo pra você. Se tudo também estiver uma droga e você souber como me encontrar, por favor, não me deixe mais aqui sozinha, até que a morte me encontre.

Pietra.

Para viajar junto com a Anita e descobrir detalhes do blog misterioso é só acessar www.meuprimeiroblog.com.

Este livro foi composto com tipografia Electra e impresso
em papel Pólen Bold 90 g/m² na Gráfica EGB.